[수이전]

엮고옮긴이 이대형(李大炯, Lee Daehyung)은 연세대학교에서 「금오신화의 서사방식 연구」로 박사학위를 취득하고, 현재 동국대학교 불교학술원 교수로 재직하고 있다. 주요 논문으로는 「18세기 열녀전 연구」, 「19세기 한문소설 「조무전」의 연원과 특성」, 「김시습의 잡저 연구」 등이 있고, 주요 저서로는 『금오신화 연구』, 『옛편지 낱말 사전』(공저)이 있다. 번역서로는 『주생전 영영전』, 『한국 고소설 관련자료집』 I, II (공역), 『한국한문소설집 번역총서 1 ─ 요람』(공역) 등이 있다.

수이전

초판1쇄발행 2013년 3월 20일

초판2쇄발행 2018년 6월 30일

엮고옮긴이 이대형 **펴낸이** 박성모 **펴낸곳** 소명출판 **출판등록** 제13-522호

주소 서울시 서초구 서초중앙로6길 15, 1층(란빌딩)

전화 02-585-7840 **팩스** 02-585-7848

전자우편 somyungbooks@daum.net **홈페이지** www.somyong.co.kr

ISBN 978-89-5626-826-2 93810

값 24,000원 ⓒ 이대형, 2013

[수이전]

엮고옮긴이 이대형(李大炯, Lee Daehyung)은 연세대학교에서 「금오신화의 서사방식 연구」로 박사학위를 취득하고, 현재 동국대학교 불교학술원 교수로 재직하고 있다. 주요 논문으로는 「18세기 열녀전 연구」, 「19세기 한문소설 「조무전」의 연원과 특성」, 「김시습의 잡저 연구」 등이 있고, 주요 저서로는 『금오신화 연구』, 『옛편지 낱말 사전』(공저)이 있다. 번역서로는 『주생전 영영전』, 『한국 고소설 관련자료집』 I, II(공역), 『한국한문소설집 번역총서 1─요람』(공역) 등이 있다.

수이전

초판1쇄발행 2013년 3월 20일
초판2쇄발행 2018년 6월 30일
엮고옮긴이 이대형 **펴낸이** 박성모 **펴낸곳** 소명출판 **출판등록** 제13-522호
주소 서울시 서초구 서초중앙로6길 15, 1층(란빌딩)
전화 02-585-7840 **팩스** 02-585-7848
전자우편 somyungbooks@daum.net **홈페이지** www.somyong.co.kr

ISBN 978-89-5626-826-2 93810
값 24,000원   ⓒ 이대형, 2013

[수이전]

SUIJEON

이대형 편역

소명출판

일러두기

체제
1. 수이전에 해당하는 텍스트를 앞에 배열한 후, 수이전은 아니지만 수이전의 내용과 밀접한 관련이 있는 텍스트를 뒤에 배열하였다.
2. 수이전과 관련 텍스트의 배열은 수록 문헌의 연대순으로 하되, 관련 있는 것들을 묶었다. 또한 수이전 일문을 영인해 수록했다. 배열은 번역문 배열 순서에 따르면서, 관련 있는 것들을 묶었다.

표기
1. 한자어는 한글을 주(主)로 한자를 종(從)으로 해 병기(竝起)하는 것을 원칙으로 했다. 한글과 한자의 음가가 다를 경우, [ ]로 표시했다.
2. 원문의 협주는 【 】안에 작은 글씨로 표기했으며, 번역문의 경우에는 협주임을 ― ―로 나타내었다.
3. 탈자로 짐작되는 글자를 원문에 표기할 경우에는 ( )로 표시했다.
4. 서적명은『 』, 편명은「 」, 작품명은〈 〉, 직접 인용은 " ", 간접 인용은 ' ', 대등구는 · 으로 표시했다.

번역
1. 번역은 가급적 직역하는 것을 원칙으로 했으나 불가피한 경우에는 의역을 했다.
2. 원문에는 없지만, 문맥을 통해 알 수 있는 내용을 [ ] 안에 제시해 내용의 전달을 용이하게 하였다.
3. 탈자에 의해 빠진 내용은 ( ) 안에 제시했다.

주석
1. 주석은 각주(脚註)를 원칙으로 하되, 단어 정도에 해당되는 간단한 주석의 경우에는 괄호 안에 협주 형식으로 처리했다.
2. 반복되는 어휘에 대해 주석을 반복하지는 않았다.

교감
1. 각편 텍스트 원문의 오자(誤字), 탈자(脫字), 와자(訛字) 등을 이본과의 대조를 통해 밝혀 교감했다.
2. 교감의 내용은 각주를 통해 밝혔으며, 교감임을 알아볼 수 있도록 각주 번호 뒤에《교감》이라 표시했다.

『수이전(殊異傳)』은 신라로부터 시작해 고려에 이르기까지, 여러 사람들에 의해 여러 차례 편찬된 서사작품집이다. 오랜 시간 동안 여러 사람들에 의해 편찬되었다는 것은 이 책의 중요성을 그대로 말해주는 것이다. 하지만 이 책은 지금 온전하게 전해지고 있지 않다. 『수이전』에 실려 있던 이야기 가운데 일부만이 후대의 문헌에 흩어져 전해지고 있을 뿐이다.

단정적으로 말할 수는 없지만, 지금 전해지는 이야기들로 볼 때 『수이전』은 신라의 인물을 주인공으로 내세워, 그 '기이(奇異)한 행적'을 전하는 이야기 모음집인 듯하다. 일연의 『삼국유사』가 삼국시대의 문학 유산을 전해주고 있는 매우 소중한 문헌이듯이 『수이전』 또한 마찬가지로 소중한 문헌이다. 게다가 '특정한 이야기'만을 한데 묶어낸 가장 이른 시기의 문헌이기도 하니, 그 가치에 대해서는 더 이상 말할 필요조차 없다.

그렇기에 흩어져 전하는 자료들을 한데 묶고 이를 제대로 번역하는 일은 매우 중요한데, 이대형 선생이 이 일을 감당할 적임자이다. 이대형 선생은 한문 산문 텍스트, 『승정원일기』와 같은 사료 텍스트, 불교 텍스트를 번역한 바 있는, 이른바 '문사철(文史哲)'을 모두 제대로 읽어낼 수 있는 공력(工力)을 갖춘 이이다. 『수이전』의 이야기에는 문학과 역사, 불교가 교직·혼융되어 있기에, 이대형 선생이 적임자라는 것이다.

이대형 선생이 『수이전』을 번역한 것은 이번이 처음은 아니다. 이번에는 '홀로' 했지만, 지난번에는 이대형 선생과 나 그리고 일본의 시마네현립대학에서 교편을 잡고 있는 최재우 선생, 지금은 한의사가 된 김희경 선생, 이렇게 넷이서 '함께' 했었다. 30대 초중반의 나이였던 네 사람이 몇 년 동안 '함께' 강독하고 '함께' 번역해, 1996년에 '譯註 殊異傳 逸文'이라는 이름으로 간행한 바 있다. 그때 우리가 참고할 수 있는 '수이전'의 번역은 문고판으로 나온 것뿐이었는데, 그 문고판의 책 제목으로 내세워진 것도 '수이전'이 아니었다. 지난 책의 머리말에서 나는 이를 '수이전'이 '곁방살이'를 하고 있다고 표현했는데, 그 책을 간행하면서 우리에게는 '수이전'을 곁방살이에서 벗어나게 했다는 뿌듯함이 있었다.

그렇지만 아쉬움도 있었다. 아직 공부가 얕은 때였기에, 오류도 보였고 오역도 보였다. 그래서 개정판을 내야겠다는 생각을 늘 해오고 있었다. 하지만 처음 책을 낼 때는 네 사람이 '공동'으로 번역하는 일이 가능했지만, 이제는 '공동'으로 개정하는 일도 쉽지가 않았다. 그래서 이대형 선생이 '홀로' 그 책무를 맡게 되었다. 우리 중에서 그 일을 감당할 적임자가 이대형 선생이므로.

앞서 이대형 선생의 공력(工力)에 대해 말했지만, 그보다도 이대형 선생에 대해서 말하고 싶은 것은 그의 성품이다. 이대형 선생은 참으로 신실한 사람이다. 또한 맑고 간결한 사람이다. 나뿐만 아니라 이대형 선생을 아는 사람들은 모두 나와 같이 생각할 것이다. 그 성품이 이 책에 담겨 있을 것이다.

이대형 선생에게 무거운 짐을 맡기고 물러앉은 내게 서문을 부탁하니, 사양할 수도 없다. 그래서 몇 마디의 말을 여기에 남긴다.

2012년 12월 12일
김현양 쓰다

차례

一

수이전 일문逸文

阿道

　　若按朴寅亮殊異傳云 :

　　師父魏人崛摩, 母高道寧, 高麗人也. 崛摩奉使高麗,
私通還魏, 道寧因有身誕焉.
　　師生五稔, 有異相. 母謂曰 :
"偏孤之子, 莫若爲僧."
　　師依教卽於是日剃髮. 十六入魏, 覲省崛摩, 遂投玄彰
和尙受業.
　　十九年歸寧於母, 母諭曰 :

박인량(朴寅亮)[1]의 『수이전(殊異傳)』을 살펴보면 다음과 같이 전한다.

법사[2]의 아버지는 위(魏)[3]나라 사람 굴마(崛摩)이고, 어머니는 고구려 사람 고도령(高道寧)이다. 굴마는 고구려에 사신으로 왔다가 사사로이 [고도령과] 정을 통하고, 위나라로 돌아갔다. 이 일로 고도령은 [법사를] 임신하여 낳게 되었다.

법사는 다섯 살이 되자 남다른 형상이 있었다. 어머니는 그에게 말하였다.

"아비 없는 자식이니 중이 되는 게 좋겠다."

법사는 어머니 가르침을 따라 그날로 머리를 깎았다.

16세에 위나라로 들어가서 굴마를 뵌 다음, 현창화상(玄彰和尙)에게 가서 가르침을 받았다.

19세에 어머니께 돌아왔다. 어머니가 타일러 말하였다.

---

1 박인량(朴寅亮) : 1047~1096. 본관 죽산. 자 대천(代天). 호 소화(小華). 시호 문열(文烈). 문종 때 문과에 급제하고, 여러 청환직(淸宦職)을 지냈다. 1080년 유홍(柳洪)·김근(金覲) 등과 송나라에 사신으로 갔을 때 시문(詩文)으로 크게 찬탄을 받았으며, 중국인이 김근의 글도 곁들인 『소화집(小華集)』을 발간하기까지 하였다.
2 법사(法師) : ⑤ dharma-bhanaka. 불교의 교법을 전하는 사람.
3 위(魏) : 조위(曹魏). 조조(曹操)의 아들 조비(曹丕, 187~226)가 후한(後漢) 헌제(獻帝)에게 강제로 제위를 선양 받아 낙양(洛陽)에 도읍하여 세운 나라. 220~265.

“此國機緣未熟, 難行佛法. 惟彼新羅, 今雖無聲敎, 爾後三十餘月 有護法明王, 御于[4]大興佛事. 又其國京師有七法住之處, 一曰：金橋天鏡林【今興輪寺】, 二曰：三川歧【今永興寺】, 三曰：龍宮南【今皇龍寺】, 四曰：龍宮北【今芬皇寺】, 五曰：神遊林【今天王寺】, 六曰：沙川尾【今靈妙寺】, 七曰：婿請田【今曇嚴寺】, 此等佛法不滅, 前劫時伽藍墟也. 汝當歸彼土, 初傳玄旨, 爲浮圖始祖, 不亦美乎?”

---

4 《교감》〈淺見倫太郎本〉에는 '于'가 '宇'로 되어 있다. 〈淺見倫太郎本〉은 『해동고승전(海東高僧傳)』 가운데 연대가 가장 오래된 사본(寫本)이다. 현재 미국 캘리포니아 버클리 대학에 소장되어 있고, 영인본이 『신라문화』 3 · 4집(동국대 신라문화연구소, 1987)에 실려 있다. 아사미 린타로위淺見倫太郎(1868~1943)는 일제 강점기 고등법원 법관으로 있으면서 고서를 수집했다.

"이 나라는 인연이 성숙하지 못해 불법(佛法)을 행하기 어렵다. 오직 신라는 지금은 비록 가르침이 없으나 앞으로 30여 달 후에는 불법을 수호할 밝은 임금이 나와 불교를 크게 일으킬 것이다. 또 그 나라 수도 안에 불법이 머무는 일곱 곳이 있으니, 하나는 금교(金橋) 천경림(天鏡林) —지금의 흥륜사(興輪寺)[5]— 이요, 둘은 삼천기(三川岐) —지금의 영흥사(永興寺)[6]— 요, 셋은 용궁남(龍宮南) —지금의 황룡사(皇龍寺)[7]— 이요, 넷은 용궁북(龍宮北) —지금의 분황사(芬皇寺)[8]— 이요, 다섯은 신유림(神遊林) —지금의 천왕사(天王寺)[9]— 이요, 여섯은 사천미(沙川尾) —지금의 영묘사(靈妙寺)[10]— 요, 일곱은 서청전(婿請田) —지금의 담엄사(曇嚴寺)[11]— 이다. 이곳은 불법이 불멸하는, 전생의 가람(伽藍)[12] 터란다. 네가 그곳에 가서 처음으로 현묘한 뜻을 전해 [그 나라] 불교의 시조가 되면 또한 아름답지 않겠느냐?"

5 흥륜사(興輪寺) : 경주시 봉황대와 오릉(五陵) 사이의 동편에 있던 절. 신라 진흥왕(眞興王) 5년(544)에 창건한 신라 최초의 큰 절이었다.

6 영흥사(永興寺) : 경주시 효명동에 있던 절. 진흥왕의 비(妃)가 여승이 되어 지냈던 곳이다.

7 황룡사(皇龍寺) : 경주시에 있던 절. 진흥왕 때 월성 동쪽에 새 궁궐을 짓는데 황룡이 나타나자 사찰로 바꾸고 황룡사라 하였다고 한다. 호국(護國) 신앙의 중심이 되었다.

8 분황사(芬皇寺) : 경주시 구황동에 있던 절. 634년(선덕여왕 3)에 창건되었다. 원효(元曉)가 이곳에서 『화엄경소(華嚴經疏)』를 썼고, 솔거가 그린 관음보살상은 신이하다고 일컬어졌다. 또한 천수대비(千手大悲) 벽화는 매우 영험이 있어서 눈 먼 여자 아이가 노래를 지어 빌었더니 눈을 뜨게 되었다고 전한다.

9 천왕사(天王寺) : 사천왕사. 경주시 배반동 낭산(狼山) 남쪽에 있던 절. 신라 문무왕 19년(679)에 창건.

10 영묘사(靈妙寺) : 경주시 성진리 강가에 있던 절. 선덕왕 때 세운 절.

11 담엄사(曇嚴寺) : 경주시 탑동 남쪽에 있던 절. 지금은 논 가운데 당간지주만이 남아 있다.

12 가람(伽藍) : 산스크리트어(이후로는 ⑤로 표기함) saṅghārāma의 음역. 여러 스님이 모여서 불도(佛道)를 수행하는 곳을 가리키는데, 후세에 와서는 건축물인 전당(殿堂)을 이르게 되었다. 곧 절의 통칭이다.

師旣承命子之聲, 出疆而來, 寓新羅王闕西里【今嚴莊寺, 是也】時當味鄒王卽位二年癸未矣.

師請行竺敎, 以前所不見爲怪, 至有將殺之者, 故退隱于續村毛禮家, 今善州也.

逃害三年, 成國宮主疾病不愈, 遣使西[13]方, 求能治者. 師應募赴闕, 爲療其患. 王大悅, 問其所欲, 師請曰:

"但刱寺於天鏡林, 吾願足矣."

王許之.

然世質民頑, 不能歸向, 乃以白屋爲寺. 後七年, 始有欲爲僧者, 來依受法. 毛祿之妹名史侍, 亦投爲尼, 乃於三川歧, 立寺曰永興, 以依住焉.

---

13 《교감》〈淺見倫太郎本〉에는 '西'가 '四'로 되어 있다.

자식에게 명하는 음성을 받들고 나서 법사는 국경을 벗어나 신라 왕성(王城) 서쪽 마을—지금 엄장사(嚴莊寺)가 그곳이다—에 살았으니, 때는 미추왕(未雛王)[14] 즉위 2년 계미년(262)이었다.

법사는 불교를 행하고자 청하였으나, 이전에 보지 못하던 것이어서 괴이하게 여기고, 죽이려는 자까지 있었다. 이에 속촌(續村) 모례(毛禮)의 집으로 물러나 숨었으니, 지금의 선주(善州, 善山)가 그곳이다.

도망한 지 3년 되는 해에, 성국궁주(成國宮主)가 병이 들었는데 낫지 않자 사방으로 사신을 보내어 치료할 수 있는 이를 구했다. 법사가 대궐로 들어가 그 병을 치료하니, 왕이 크게 기뻐하여 원하는 것이 무엇인지 물었다. 법사가 청하었다.

"다만 천경림(天鏡林)에 절을 세울 수 있기를 바랄 뿐입니다."

왕은 이를 허락했다.

그러나 풍속이 질박하고 완고하여 백성들이 불법에 귀의하지 못하므로, 여염집으로 절을 삼았다. 7년 후에 비로소 승려가 되고자 하는 자가 있어 불법을 전수받았다. 모록(毛祿)[15]의 누이동생 이름은 '사시(史侍)'인데 법사에게 의탁하여 승려가 되었으며 또한 삼천기에 절을 세워 이름을 '영흥사'라 하고, 그곳에 머물렀다.

---

14 미추왕(未雛王) : 김알지(金閼智)의 6대손, 신라 제13대 왕. 재위 262~284.
15 모록(毛祿) : 모례(毛禮)와 동일인인 듯하다.

味鄒王崩, 後嗣王亦不敬浮圖, 將欲廢之, 師還續村,
自作墓, 入其內, 閉戶示滅. 因此聖教不行於斯盧.

厥後二百餘年, 原宗果興像敎, 皆如道寧所言. 自味鄒
至法興, 凡十一王矣.

—『海東高僧傳』[16] 卷1

---

16 『해동고승전(海東高僧傳)』: 고려 고종 2년(1215)에 각훈(覺訓)이 왕명을 받들어 편찬
한 책. 현재 3종류의 사본(寫本)과 5종류의 간본(刊本)이 전한다. 여기서는 규장각본
을 저본으로 삼는다. 장휘옥,『해동고승전』, 민족사, 1991 참조

미추왕이 세상을 떠나자 후대 왕은 다시 불교를 존중하지 않고 폐지하려 하였다. 법사는 속촌(續村)으로 돌아가 스스로 무덤을 만들고 그 속에 들어가 문을 닫고 시멸(示滅)[17]하였다. 이 때문에 한동안 불교가 사로(斯盧, 신라)에서 행해지지 않았다.

200여 년 후에 원종(原宗)[18]이 과연 상교(像敎)[19]를 일으켰으니 모두 고도령의 말과 같았다. 미추왕부터 법흥왕까지는 11왕이 있었다.

—『해동고승전』권1

---

17 시멸(示滅) : 중생을 교화하기 위한 방편으로 열반을 나타내 보임. 고승의 죽음을 일컫는 말.

18 원종왕(原宗王) : 신라 제23대 법흥왕. 성은 김(金). 이름은 원종(原宗). 이 무렵 불교가 들어왔고, '건원'이라는 연호를 썼다. 처음으로 율령을 반포하고 백관(百官)의 공복(公服)을 정하는 등 국가 체제의 확립에 힘을 기울였다. 재위 514~540.

19 상교(像敎) : 형상을 만들어 교화하는 가르침. 또는 상법시(像法時)의 가르침. 불멸(佛滅) 후 5백년(또는 1천년)간을 정법시(正法時)라고 하니, 이때는 교(敎)·행(行)·증(證)이 모두 구비한 때이고, 이후 1천 년간이 상법시이니, 교와 행은 있으나 증득이 없는 때이고, 이후는 말법시(末法時)이니 교법만이 있는 때이다.

圓光

又東京安逸戶長貞孝家在古本殊異傳, 載圓光法師傳曰：

法師俗姓薛氏, 王京人也. 初爲僧, 學佛法, 年三十歲, 思靜居修道, 獨居三岐山.

後四年, 有一比丘來, 所居不遠, 別作蘭若, 居二年. 爲人强猛, 好修呪述[1].

法師夜獨坐誦經, 忽有神聲呼其名,

---

1 《교감》 '述'은 '術'의 오자.

또 동경(東京, 경주) 안일(安逸)[2] 호장(戶長)[3] 정효(貞孝)의 집에 있는 고본(古本) 『수이전(殊異傳)』에 실린 〈원광법사전〉은 다음과 같다.

법사(法師)의 성(俗姓)은 설씨(薛氏)이고, 왕경(王京, 경주) 사람이다. 처음에 스님이 되어 불법을 공부하다가, 나이 30세에 조용한 곳에서 도를 닦으려고 홀로 삼기산(三岐山)[4]에 거하였다. 4년이 지난 후, 한 비구(比丘)[5]가 와서는 멀지 않은 곳에 머물렀다. 따로 암자를 지어 거처한 지 2년이 되었다. 사람됨이 강하고 사나웠으며 주술 닦기를 좋아하였다.

법사가 밤에 홀로 앉아 경(經)을 외는데, 홀연 그의 이름을 부르는 신(神)의 소리가 들렸다.

---

2   안일(安逸) : 관직에서 물러나 한가하게 산다는 뜻.

3   호장(戶長) : 향직(鄕職)의 우두머리. 고려 태조 때 신라시대 이래로 지방에 세력을 펴고 있던 성주(城主)나 호족(豪族)을 그대로 포섭하여 호장·부호장(副戶長)의 향직을 준 것으로부터 시작하였다.

4   삼기산(三岐山) : 경주 안강(安康)에 있는 산. 현재 삼기산 아래에 금곡사지 원광법사 부도탑(金谷寺址圓光法師浮屠塔)이 복원되어 있다.

5   비구(比丘) : ⓢ bhikṣu. 출가한 남자가 사미(沙彌)를 거쳐 20세가 넘으면 250계를 받을 수 있는 자격이 주어지는데, 이를 구족계라고 하며, 구족계를 받으면 비구가 된다.

"善哉! 善哉! 汝之修行. 凡修者雖衆, 如法者稀有. 今見隣有比丘, 徑修呪術而無所得, 喧聲惱他靜念, 住處礙我行路, 每有去來, 幾發惡心, 法師爲我語告而使移遷. 若久住者, 恐我忽作罪業."

明日, 法師往而告曰:

"吾於昨夜, 有聽神言, 比丘可移別處, 不然應有餘殃."

比丘對曰:

"至行者爲魔所眩, 法師何憂狐鬼之言乎?"

其夜神又來曰:

"向我告事, 比丘有何答乎?"

法師恐神瞋怒, 而對曰:

"終未了說. 若强語者, 何敢不聽?"

神曰:

"吾已具聞, 法師何須補說? 但可黙然見我所爲."

遂辭而去.

"훌륭하다, 훌륭하다, 너의 수행함이여! 수행하는 자가 많긴 하지만 법대로 하는 자는 드물다.[6] 이제 이웃의 비구를 보니, 곧바로 주술을 닦아 소득이 없다. 떠드는 소리는 다른 이의 고요한 생각을 방해하고 거처는 내가 다니는 길에 방해가 되어, 오고갈 때마다 거의 악심(惡心)을 일으키게 한다. 법사는 나를 위해 말을 하여 처소를 옮기게 하라. 오래 머문다면 내가 죄업을 짓게 될까 걱정이다."

다음날 법사가 가서 말하길,

"내가 어제 밤에 신의 소리를 들었는데, 비구는 다른 곳으로 옮기는 것이 좋겠소. 그렇지 않으면 응당 재앙이 있을 것이오."

비구가 답했다.

"지극한 수행은 마귀의 현혹을 받지요. 법사는 어찌 여우귀신의 말을 걱정하십니까?"

그날 밤 신이 다시 와서 말하였다.

"지난번 내가 말한 것에 비구는 어찌 대답하던가?"

법사는 신이 진노할까 걱정되어 다음과 같이 대답하였다.

"아직 확실하게 말하지 않았습니다. 힘써 말하면 어찌 감히 듣지 않겠습니까?"

신이 말하길,

"내 이미 자세히 들었는데, 법사는 어찌하여 말을 보태는가? 다만 조용히 내 하는 바를 보라"

하고는, 드디어 가버렸다.

---

6 《교감》『해동고승전』에는 "수행하는 자는 비록 많으나 법사보다 뛰어난 자는 없도다 (凡修行者雖衆 無出法師右者)"라고 했다.

夜中有聲如雷震, 明日視之, 山頹塡比丘所在蘭若.

神亦來曰:

"師見如何?"

法師對曰:

"見甚驚懼."

神曰:

"我歲幾於三千年, 神術最壯, 此是小事, 何足爲驚? 但復將來之事, 無所不知, 天下之事, 無所不達. 今思法師唯居此處, 雖有自利之行, 而無利他之功. 現在不揚高名, 未來不取勝果. 盍採佛法於中國, 導群迷於東海?"

對曰:

"學道中國, 是本所願, 海陸迥阻, 不能自通而已."

神詳誘歸中國所行之計, 法師依其言, 歸中國, 留十一年, 博通三藏, 兼學儒術.

밤중에 천둥치는 듯한 소리가 있었다. 다음날 보니, 산이 무너져 비구가 거하던 암자를 덮쳐버렸다.

신이 또 와서 말하였다.

"법사는 보니 어떠한가?"

법사가 답하였다.

"보니 매우 놀랍고 두렵습니다."

신이 말하였다.

"내 나이 거의 삼천 살이 되어, 신술(神術)이 매우 뛰어나니, 이것은 하찮은 일일 뿐이다. 어찌 놀랄 일이겠는가? 장래의 일들을 모르는 바가 없고, 천하의 일에 달통하지 않은 바가 없다. 이제 생각하니, 법사가 오직 이곳에서만 지치해서는, 비록 스스로를 이롭게 하는 행동은 있으나 남을 이롭게 하는 공은 없도다. 지금 명성을 날리지 못하면 앞으로도 좋은 과업을 이루지 못할지라. 어찌 중국에서 불법을 얻어 동해(東海)에서 미혹한 무리들을 인도하지 않는가?"

법사가 대답하였다.

"중국에서 도를 공부하는 것은 본래 원하던 바이나, 바다와 육지가 멀고 막혀 제 힘으로 갈 수 없을 뿐입니다."

신이 중국에 갈 방법을 상세히 일러 주었다. 법사는 그 말에 따라 중국에 가서 11년 동안 머물면서 널리 삼장(三藏)[7]을 통하고 유술(儒術, 유학)까지 공부하였다.

---

7   삼장(三藏) : 석가모니가 한 설법을 모은 경장(經藏), 교단이 지켜야 할 계율을 모은 율장(律藏), 교리에 관해 뒤에 제자들이 연구한 주석 논문을 모은 논장(論藏)을 합해서 삼장이라 한다.

眞平王二十二年, 庚申【三國史云明年辛酉來】, 師將理策東
還, 乃隨中國朝聘使還國.

法師欲謝神, 至前住三岐山寺, 夜中神亦來, 呼其名曰:
"海陸途間, 往還如何?"
對曰:
"蒙神鴻恩, 平安到訖."
神曰:[8]
"吾亦授戒於神."
仍結生生相濟之約.
又請曰:
"神之眞容, 可得見耶?"
神曰:
"法師若欲見我形, 平旦可望東天之際."

8　《교감》『해동고승전』에는 이 부분에 "吾大期不久, 願受菩薩戒, 爲長往之資"라는 구절
이 있다. 다음 구절은 원광법사의 말이므로 이를 표시해줄 '法師曰'도 삽입되어야 한다.

진평왕(眞平王)[9] 22년 경신년(600) ─『삼국사(三國史)』에서는 다음해 신유년에 왔다고 한다─ 에 법사는 장차 동쪽으로 돌아올 계획을 세우던 중, 중국에 왔던 조빙사(朝聘使)[10]를 따라 돌아왔다.

법사는 신에게 사례하기 위해 전에 거하던 삼기산(三岐山)의 절로 갔다. 역시 밤중에 신이 와서 이름을 부르며 말하였다.

"바다와 육지의 길을 갔다 옴이 어떠한고?"

법사가 대답하였다.

"신의 큰 은혜를 입어 평안히 도착하였습니다."

신이 말하였다.[11]

"저 역시 신에게 계(戒)를 주고자 합니다."

이에 윤회의 세계에서 서로 구세힐 약속을 맺었다.

또 청하였다.

"신의 진짜 모습을 볼 수 있겠습니까?"

신이 말하였다.

"법사가 내 모습을 보고 싶으면 동틀 무렵 동쪽 하늘가를 바라보라."

---

9 진평왕(眞平王) : 신라 제26대 왕. 성은 김(金), 이름은 백정(白淨). 중국 수나라와 친교를 맺고 불교의 진흥을 꾀하였다. 609년에 수나라의 도움을 받아 고구려를 원정하였고, 당나라가 선 뒤에도 계속 친교를 맺어 고구려를 견제하였다. 재위 579~632.
10 조빙사(朝聘使) : 제후국에서 천자를 알현(謁見)하라고 보낸 사신.
11 《교감》『해동고승전』에는 이 부분에 "나의 수명이 얼마 남지 않았으니, 보살계를 받아 저승길에 보탬이 되기를 바라노라(吾大期不久 願受菩薩戒 爲長往之資)"라는 구절이 있다. 다음 구절은 원광법사의 말이므로 이를 표시해줄 '法師曰'도 삽입되어야 한다.

法師明日望之, 有大臂貫雲, 接於天際, 其夜神亦來曰:
"法師見我臂耶?"
對曰:
"見已甚奇絶異."
因此俗號臂長山[12]
神曰:
"雖有此身, 不免無常之害, 故吾無月日, 捨身其嶺, 法師來送長逝之魂."
待約日, 往看, 有一老狐, 黑如漆, 但吸吸無息, 俄然而死.
法師始自中國來, 本朝君臣敬重爲師, 常講大乘經典.

[12] 《교감》 이 구절은 협주에 해당하는데 본문처럼 되어 있다.

법사가 다음날 바라보니, 큰 팔뚝이 구름을 뚫고 하늘가에 닿아 있었다. 그날 밤에 신이 다시 와서 말하였다.

"법사는 내 팔을 보았는가?"

법사가 대답하였다.

"보니 매우 기이하였습니다."

이로 인하여 세속에서는 '비장산(臂長山)'[13]이라 불렀다.

신이 말하였다.

"비록 이러한 육신을 지니고 있으나 무상(無常)의 해(害)를 면할 수 없으니, 내게 시간이 얼마 남지 않았다. 이에 육신을 산봉우리에 버릴 것이니, 법사는 와서 멀리 가는 혼을 송별하라."

약속한 날을 기다려 그곳에 가서 보니 칠흑 같은 검은 빛이 늙은 여우가 급히 숨을 몰아쉬더니만 어느덧 죽어버렸다.[14]

법사가 중국에서 돌아온 이래로 신라의 군신들이 그를 공경하고 중히 여겨 스승으로 대접하니, 법사는 항상 대승경전(大乘經典)[15]을 강설하였다.

---

13 비장산(臂長山) : 경주시 안강읍 두류리에 있는 산.

14 약속한 ~ 죽어버렸다 : 『무문관(無門關)』 2칙 「백장야호(百丈野狐)」가 이 이야기와 비교된다. 백장화상(百丈和尙)이 그의 설법을 듣던 한 노인에게서, 과거에 백장산 주지로 있다가 '크게 수행을 한 사람도 역시 인과(因果)에 떨어지는가.'라는 수행자의 물음에, '인과에 떨어지지 않는다.'고 대답했다가 여우로 윤회를 하고 있다는 말을 듣고, '인과에 어둡지 않다.'고 답하였다. 노인이 이 말을 듣고는 즉시 해탈하여, 여우 몸을 산 뒤쪽에 놓아두었으니 장례를 치러달라고 하였다.

15 『대승경전(大乘經典)』 : 석가모니 사후에 대승운동이 일어나면서 편찬된 불교 경전 중에서 대승사상을 포함한 경전으로서 『화엄경(華嚴經)』, 『법화경(法華經)』, 『반야경(般若經)』, 『무량수경(無量壽經)』 등을 말한다.

此時高麗百濟常侵邊鄙, 王甚患之, 欲請兵於隋【宜作
唐】, 請法師作乞兵表. 皇帝見, 以三十萬兵, 親征高麗, 自
此知法師旁通儒術也. 享年八十四入寂, 葬明活城西.

— 『三國遺事』¹⁶ 卷4「義解」〈圓光西學〉

---

16 『삼국유사(三國遺事)』: 고려 충렬왕(忠烈王) 때 보각국사(普覺國師) 일연(一然, 1206
~1289)이 인각사(麟角寺)에서 편찬한 역사서. 『삼국유사』 중종 임신간본(壬申刊本)
영인, 민족문화추진회, 1973.

당시에 고구려와 백제가 항상 변방을 침략하였다. 왕이 심히 근심하여 수(隋)[17] — 당(唐)이라야 마땅하다 — 에 원병을 청하려 하였다. 그리하여 법사에게 걸병표(乞兵表)를 짓도록 청하였다. 황제가 이 표를 보고는 30만 군사로 고구려를 친히 정벌하였다. 이로부터 법사가 유술(儒術)에도 능통함을 알게 되었다.

향년 84세에 입적(入寂)하여 명활성(明活城)[18] 서쪽에 장례지냈다.

—『삼국유사』권4「의해」〈원광서학〉

17　수(隋) : 581~618. 양견(楊堅 : 文帝)이 581년 북주(北周)의 정제(靜帝)로부터 양위 받아 나라를 개창하고, 589년 남조(南朝)인 진(陳)을 멸망시켜 중국의 통일왕조를 이룩하였다.
18　명활성(明活城) : 경상북도 경주시 보문동과 천군동에 걸쳐 있는 산. 높이 266m. 경주 시가지를 둘러싸는 동쪽의 산으로, 사적으로 지적된 명활산성이 있다.

寶開

　　寶開, 隅金坊女也. 子長春, 因販賣, 泛海去而經年, 不知所在. 寶開就敏藏寺觀音前, 祈禱七日, 子長春來執母手, 母驚喜哭泣, 寺衆問所由, 長春曰:

　　"海中遇黑風, 船檣皆破, 同行人皆溺死, 豫[1]乘一板, 至於吳. 吳人因之爲奴, 耕於野田, 忽有一僧來謂曰:

　　'憶汝國乎?'

　　予卽跪曰:

　　'予有老母, 憶戀罔極.'

　보개는 우금방(隅金坊)에 사는 여자이다. 아들 장춘(長春)이 장사 때문에 바다를 건너간 후 해가 바뀌도록 어디 있는지 알지 못했다. 보개가 민장사(敏藏寺)[2] 관음상(觀音像)[3] 앞에 가서 기도한 지 7일 만에 아들 장춘이 와서 어머니의 손을 잡았다. 어머니가 놀라고 기뻐서 소리 내어 우니, 절에 있는 사람들이 그 연유를 물었다. 장춘이 말하였다.

　"바다 가운데서 흑풍(黑風)[4]을 만나, 배와 노가 모두 부서지고, 동행인들노 모두 빠서 죽있습니다. 지는 판지 히니에 의지하여 오(吳)[5] 지역에 이르렀지요. 오 지역 사람이 노비로 삼아 밭에서 일하게 하였는데, 홀연 한 스님이 와서 '네 나라를 기억하느냐?'고 하더군요. 저는 무릎을 꿇고 '제겐 노모가 계시니, 그리움이 망극합니다'라고 말했습니다.

2　민장사(敏藏寺) : 경상북도 경주시에 있었던 신라시대의 절.
3　관음상(觀音像) : 관세음보살 불상. 관세음보살은 Ⓢ Avalokiteśvara의 번역어로서 관자재(觀自在)·광세음(光世音)·관세자재(觀世自在)·관세음자재(觀世音自在), 줄여서 관음(觀音)이라고도 한다. 대자대비(大慈大悲)를 근본 서원(誓願)으로 하는 보살의 이름이다. 관세음이란 세간의 음성을 관조(觀照)한다는 뜻이고, 관자재라 함은 지혜로 관조하므로 자재한 묘과(妙果)를 얻은 이란 뜻이다. 이 보살이 세상을 교화함에는 중생의 근기에 맞추어 여러 가지 형체로 나타난다. 이를 보문시현(普門示現)이라 하며, 33신(身)이 있다고 한다.
4　흑풍(黑風) : 티끌이나 모래 따위를 휘몰아서 햇빛을 가리고 맹렬히 부는 회오리바람.
5　오(吳) : 삼국시대 손권(孫權, 229~280)이 무창(武昌)에서 제위에 올라 국호를 '오'라 하고 도읍을 말릉(秣陵, 南京)으로 옮겨 그곳을 건업(建業)이라 불렀다.

僧曰:

'若慕汝孃, 隨我行'

言訖同行. 予隨行, 有一深渠, 僧執予手起[6]之, 昏昏如夢, 忽聞羅語, 亦有哭聲, 審之, 我猶疑夢中而非也."

寺僧具事升聞, 國家尊崇靈驗, 以財貨田地, 納菩薩所.

天寶四年乙酉四月八日申時離吳, 戌時到敏藏寺.

—『太平通載』[7] 卷20

---

6 《교감》 '超'의 오기인 듯하다. 『삼국유사』에는 '跳'로 되어 있다.

7 『태평통재(太平通載)』: 조선 성종 때 성임(成任, 1421~1484)이 편찬한 책. 송나라의 『태평광기(太平廣記)』를 본떠 조선 고금의 기이한 이야기들을 수록하였다. 여기서는 최남선 편, 『삼국유사』에 부록으로 실린 기록을 전재한다.

스님은 '네 어머니가 보고 싶다면 나를 따라 오라'고 하시더군요. 말을 마치고, 동행하였습니다. 제가 그 뒤를 따르자, 깊은 도랑이 하나 있었는데, 스님이 제 손을 잡고 뛰어넘으셨지요. 어릿어릿하여 꿈과 같더니 홀연 신라 말이 들리고 또한 곡성이 들려, 살펴보면서 내가 아직 꿈속인가 의심하였으나 꿈이 아니었습니다."

절의 승려들이 이 사건을 자세히 나라에 고하니, 나라에서 그 영험함을 존숭하여 재화와 토지를 보살 있는 곳에 헌납하였다.

장춘은 천보(天寶)[8] 4년 을유(745) 4월 8일 신시(申時, 오후 4시경)에 오 지역을 떠나 술시(戌時, 오후 8시경)에 민장사에 도착한 것이다.

—『대평통재』권20

---

8   천보(天寶) : 당 현종(唐玄宗)의 후기 연호(年號). 741~756.

崔致遠

崔致遠, 字孤雲. 年十二, 西學於唐. 乾符甲午, 學士裴瓚掌試, 一擧登魁科, 調授溧水縣尉.

　　최치원(崔致遠)[1]은 자(字)[2]가 고운(孤雲)으로, 12살에 서쪽 당(唐)[3] 나라로 가서 유학했다. 건부(乾符)[4] 갑오년(874)에 학사(學士)[5] 배찬 (裴瓚)[6]이 주관한 시험에서 단번에 괴과(魁科)[7]에 합격해 율수현위 (溧水縣尉)[8]로 임명되었다.

1　최치원(崔致遠) : 857~미상. 신라 말기의 학자 · 문장가. 본관은 경주(慶州). 자는 고운 (孤雲) 혹은 해운(海雲).

2　자(字) : 남자가 16세 이상이 되어 성인식인 관례(冠禮)를 치를 때, 집안 어른이 부여하 는 이름. 친구나 아랫사람을 부를 때 사용한다. 호에는 존칭이 붙지만 자에는 존칭을 쓰지 않는다.

3　당(唐) : 618~907. 수(隋)나라를 이어 건립된 왕조. 선비족 계열의 귀족인 이연(李淵) 에 의해 세워졌다.

4　건부(乾符) : 당 희종(唐僖宗)의 연호. 874~879.

5　학사(學士) : 관직명. 위진육조(魏晋六朝)시대에 문학하는 선비를 불러 전례와 편찬 사업을 담당하게 하고 학사라고 일컬었다. 당나라 개원(開元) 때 학사원(學士院)을 설 치하고 그 관원을 학사라고 칭하여 황제의 조서를 기초하게 하였다.

6　배찬(裴瓚) : 당나라 문신.『구당서(舊唐書)』본기(本紀) 희종(僖宗) 건부(乾符) 원년 (元年, 874)에 예부시랑(禮部侍郎) 배찬을 검교좌산기상시(檢校左散騎常侍), 담주자 사(潭州刺史), 어사대부(禦史大夫), 호남관찰사(湖南觀察使)로 삼았다는 기사가 보 인다.

7　괴과(魁科) : 과거(科擧)에서 문과(文科)의 갑과(甲科)를 지칭한다. 과거에 급제한 사 람을 갑(甲), 을(乙), 병(丙) 3과로 구분하여 갑과 3인, 을과 7인, 병과 23인, 합 33인을 합격 정원으로 하고, 갑과의 1등을 장원(壯元), 2등을 방안(榜眼), 3등을 탐화랑(探花 郎)이라 했다.

8　율수현위(溧水縣尉) : 율수는 지명, 현위는 현승(縣丞)의 밑에 소속된 관직이다. 율수 현은 강소성(江蘇省) 남경시(南京市) 아래 석구호(石臼湖) 위에 있다. 당나라 때는 석 구호 밑에 있는 고순현(高淳縣)까지 율수현 지역이었다.『고순현지(高淳縣志)』권15 의「고적(古跡)」에 있는 쌍녀분(雙女墓) 기록을 토대로, 1996년에 고순현 고성호(固 城湖)의 화산(花山) 서쪽 기슭에 있는 쌍녀분으로 일컬어지는 고묘를 조사한 결과, 주 변에 있는 벽돌이 당나라 때 것임이 밝혀져 초현관의 유적으로 인정되었다고 한다. (『강남시보(江南時報)』, 2004.11.14, 15판. http://www.people.com.)

嘗遊縣南界招賢館, 館前岡有古塚, 號雙女墳, 古今名
賢遊覽之所. 致遠題詩石門曰 :

誰家二女此遺墳　寂寂泉扃幾怨春
形影空留溪畔月　姓名難問塚頭塵
芳情儻許通幽夢　永夜何妨慰旅人
孤館若逢雲雨會　與君繼賦洛川神

일찍이 현(縣) 남쪽에 있는 초현관(招賢館)에 놀러간 적이 있었
다. 초현관 앞 언덕에는 '쌍녀분(雙女墳)'이라는 오래된 무덤이 있으
니, 고금의 명현(名賢)들이 유람하던 곳이었다. 치원은 이 무덤 앞
석문(石門)에다 시를 썼다.

어느 집 두 처자 이 버려진 무덤에 깃들어

쓸쓸한 지하에서 몇 번이나 봄을 원망했나

그 모습 시냇가 달에 부질없이 남아있으나

이름을 무덤 앞 먼지에게 묻기 어려워라

고운 그대들[9] 꿈에서라도 만날 수만 있다면

긴긴 밤 나그네 위로함이 무슨 허물이 되리오

고관(孤館)에서 운우(雲雨)[10]의 만남 이룬다면

그대들과 낙천신(洛川神)[11]을 이어 부르리.

---

9   고운 그대들 : 원문 '芳情'은 두 여인을 미화한 것으로 볼 수도 있고, 최치원이 여인들을
     그리는 마음으로 볼 수도 있다. 어느 경우나 최치원이 두 여인를 만나고 싶다는 소망을
     담고 있다. 여기서는 전자로 해석하였다.

10 운우(雲雨) : 남녀가 정을 나누는 것을 의미한다. 송옥(宋玉)의 〈고당부(高唐賦)〉에
     서, 초회왕(楚懷王)과 양대(陽臺)에서 노닌 무산(巫山) 신녀(神女)가 자신은 아침에
     는 구름이 되었다가 저녁에는 비가 된다고 한 데서 유래하였다.

11 낙천신(洛川神) : 〈낙신부(洛神賦)〉에 나오는 신녀. 〈낙신부〉는 위(魏)나라 조식(曹
     植)이 지은 것으로 『문선(文選)』 19권에 실려 있다. 조식은 처음에 견일(甄逸)의 딸을
     얻으려 했으나 그녀가 황후가 되어 뜻을 이루지 못하고 밤낮으로 생각하면서 침식을
     폐하였다. 훗날 조정에 들어갔을 때, 황제가 그에게 견후(甄后)가 옥을 새기고 금을 두
     른 베개를 보여 주자, 자기도 모르게 눈물을 흘렸다. 그 때 견후는 곽군(郭君)의 참소를
     받아 죽은 다음이었다. 황제가 자신의 잘못을 깨닫고 조식에게 베개를 주었다. 조식이
     돌아오는 길에 낙수(洛水) 가에서 쉬면서 견후를 생각하는데 홀연 그녀가 나타났다.
     조식이 그 일을 서술하여 〈감견부(感甄賦)〉라고 하였다. 후에 명제(明帝 : 견후의 아
     들)가 〈감견부〉를 보고 명칭을 고쳐 〈낙신부(洛神賦)〉라고 하였다.

題罷到館. 是時, 月白風清, 杖藜徐步, 忽覩一女, 姿容綽約, 手操紅帒, 就前曰：

"八娘子・九娘子, 傳語秀才. 朝來特勞玉趾, 兼賜瓊章, 各有酬答, 謹令奉呈."

公回顧驚惶, 再問何姓娘子. 女曰：

"朝間披榛拂石題詩處, 卽二娘所居也."

公乃悟, 見第一帒, 是八娘子奉酬秀才. 其詞曰：

쓰기를 마치고 초현관으로 돌아왔다. 이 때 달이 밝고 바람이 맑아 지팡이를 짚고 천천히 거닐다 홀연 한 여자를 보았다. 가녀리고 아리따운 모습으로 손에 붉은 주머니를 들고 앞으로 와서 말하였다.

"팔낭자(八娘子)와 구낭자(九娘子)께서 수재(秀才)[12]께 말씀을 전하라 하십니다. 아침에 특별히 수고롭게 귀한 걸음 하시고 거기다 좋은 글까지 주셨으니, 각각 화답하여 삼가 바친다 하셨습니다."

공(公)[13]이 돌이켜보고 놀라며 어떤 낭자인지 재차 물었다.

여자가 말하였다.

"아침에 덤불을 헤치고 돌을 쓸어내어 시를 쓰신 곳이 바로 두 낭자가 사는 곳입니다."

공이 그제야 깨닫고 첫 번째 주머니를 보니, 이는 필낭자가 수재에게 화답한 시였다.

---

12 수재(秀才) : 한대(漢代) 이후 관리 등용 과목의 이름으로, 당대(唐代)에는 명경(明經) 진사(進士)와 함께 이 과목이 설치되었다. 송대(宋代)에는 과거에 응시하는 자를 모두 수재라 칭하였으며, 명청대(明淸代)에는 현학(縣學)에 들어간 생원(生員)을 수재라 하였다. 여기서는 최치원이 이미 괴과(魁科)에 합격한 사람으로 설정되고 있기에, '그 재주가 뛰어나며 미혼인 상황'을 지칭하는 용어로 보인다.
13 공(公) : 관리를 높여 부르는 말.

幽魂離恨寄孤墳　桃臉柳眉猶帶春
鶴駕難尋三島路　鳳釵空墮九泉塵
當時在世長羞客　今日含嬌未識人
深愧詩詞知妾意　一回延首一傷神

次見第二帖, 是九娘子. 其詞曰：

往來誰顧路傍墳　鸞鏡鴛衾盡惹塵
一死一生天上命　花開花落世間春
每希秦女能抛俗　不學任姬愛媚人
欲薦襄王雲雨夢　千思萬憶損精神

죽은 넋 이별의 한을 외로운 무덤에 부쳤어도

예쁜 뺨 고운 눈썹은 아직도 봄빛을 띠었구나

학 타고 삼도(三島)[14] 가는 길 찾기 어려워

봉황 비녀 헛되이 구천의 먼지덩이로 떨어졌구나

살았을 당시에는 항상 나그네를 꺼려했는데

오늘은 알지 못하는 이에게 교태를 품는구나

몹시 부끄럽게도 시로써 제 마음 알아주시니

고개 늘여 기다리고 한편으론 마음 상합니다

이어서 두 번째 주머니를 보니 바로 구낭자의 것이었다.

왕래하는 누가 길가의 무덤 돌아보리

난새 거울 원앙 이불엔 먼지만 이네

삶과 죽음은 하늘이 정해준 운명이요

꽃 피었다 지니 세상은 봄이로구나

늘 진녀(秦女)[15]처럼 세상 버리기 원해

임희(任姬)[16]의 사랑 배우지 않았도다

양왕[17] 모시고 운우(雲雨) 나누려 하나

이런 저런 온갖 걱정에 마음 상하네

---

14 삼도(三島) : 신선이 사는 세 개의 섬으로 '삼호(三壺)'라고도 한다. 『신선전(神仙
    傳)』에, 바다에 삼신산(三神山)이 있는데 봉래(蓬萊)·방장(方丈)·영주(瀛洲)요, 삼
    도(三島)라고 부른다고 했다.
15 진녀(秦女) : 진왕녀(秦王女). 진나라 목공(穆公)의 딸 농옥(弄玉)을 말한다. 소사(蕭史)
    라는 사람이 진나라 목공 때 퉁소를 잘 불었다. 목공의 딸 농옥이 그를 좋아하자 목공이
    사위를 삼았다. 어느 날 아침 그 둘은 봉황을 타고 날아가 버렸다. 『열선전(列仙傳)』
16 임희(任姬) : 당나라 심기제(沈旣濟)의 〈임씨전(任氏傳)〉(『태평광기』권452)에 나오는 여
    주인공을 말하는 듯하다. 임씨는 본래 여우인데 사람으로 변해 정생(鄭生)과 사랑을 나눈다.
17 〈고당부(高唐賦)〉에서 무산 신녀의 상대는 본래 초나라 회왕이지만, 양왕과 송옥의
    대화 속에 그 이야기가 서술되는 까닭에 잘못 언급되는 경우가 많다.

又書於後幅曰：

莫怪藏姓名　孤魂畏俗人
欲將心事說　能許暫相親

公旣見芳詞, 頗有喜色. 乃問其女名字, 曰翠襟. 公悅
而挑之, 翠襟怒曰：
"秀才合與回書, 空欲累人."
致遠乃作詩, 付翠襟曰：

偶把狂詞題古墳　豈期仙女問風塵
翠襟猶帶瓊花艶　紅袖應含玉樹春
偏隱姓名欺俗客　巧裁文字惱詩人

또 뒷면에 다음과 같이 쓰여 있었다.

　　이름 숨긴다고 이상히 여기지 마세요

　　외로운 혼백이 속인을 꺼려서입니다

　　심사를 말하고 싶으니

　　잠시 가까이할 수 있게 해주세요

　공은 아름다운 시를 보고나서 자못 기쁜 빛을 띠고 그 여자에게 이름을 물었더니, '취금(翠襟)'이라고 했다. 공은 취금이 맘에 들어 추근거렸다. 취금이 화를 내면서 말하였다.

　"수재께서는 답장을 주시기나 하면 되련만 공연히 귀찮게 하십니다."

　치원이 그제야 시를 지어 취금에게 주었다.

　　우연히 경솔한 글을 오래된 무덤에 썼으나

　　선녀가 세상일 물을 줄 생각이나 했겠소

　　취금도 보배 꽃[18]처럼 아름다우니

　　붉은 소매 그대들은 옥나무[19] 봄기운 품었겠지요

　　성명을 숨겨서 세속 나그네 속이시고

　　공교한 시로 시인을 괴롭히시는군요

18　보배 꽃 : 원문은 경화(瓊花). 아름다운 꽃이라는 뜻. 경화(瓊花)라는 하얀 꽃도 있다. 경화는 취팔선(聚八仙) 또는 호접화(蝴蝶花)라고도 한다.

19　옥나무 : 원문은 옥수(玉樹). 선목(仙木). 뛰어나고 고결한 풍채를 비유한다.

斷腸唯願陪歡笑　祝禱千靈與萬神

繼書末幅云：

靑鳥無端報事由　暫時相憶淚雙流
今宵若不逢仙質　判卻殘生入地求

翠襟得詩還, 迅如颷逝. 致遠獨立哀吟, 久無來耗, 乃詠短歌. 向畢香氣忽來, 良久二女齊至, 正是一雙明玉, 兩朶瑞蓮. 致遠驚喜如夢, 拜云：
"致遠海島微生, 風塵末吏, 豈期仙侶猥顧凡流? 輒有戲言, 便垂芳躅."

애가 끊어지도록 만나 즐겁게 웃기를

온갖 영령과 신들께 기원하나이다

이어서 끄트머리에 다음과 같이 썼다.

파랑새[20] 느닷없이 사연 알려주니

보고픔에 잠시 두 줄기 눈물 흐르네

오늘 밤 선녀들을 만나지 못한다면

남은 인생 땅 속이라도 들어가 찾으리

쥐남이 시를 받고는 회오리바람처럼 빠르게 기비리지 치원은 홀로 서서 슬프게 읊조렸다. 오래도록 소식이 없어서 짧은 노래를 읊조렸는데, 마칠 때쯤 해서 문득 향기가 나더니 한참 후에 두 여자가 나란히 나타났다. 정녕 한 쌍의 투명한 구슬 같았고 두 송이 단아한 연꽃 같았다. 치원은 놀라고 기뻐 마치 꿈속인 것 같아 절하면서 말하였다.

"치원은 섬나라의 미천한 태생이고 속세의 말단 관리로서 어찌 외람되게 선녀들이 범부를 돌아볼 줄 생각이나 했겠습니까? 그냥 장난으로 쓴 글인데 아름다운 발걸음 드리우셨군요."

---

20 파랑새 : 원문은 청조(靑鳥). 파랗고, 발이 세 개 달린 새. 사자(使者), 서간(書簡)의 뜻으로 쓰인다. 『산해경(山海經)』에, 서왕모(西王母)의 산에 붉은 머리에 검은 눈을 한 삼청조(三靑鳥)가 있어 그 이름을 대리(大鵹), 소리(小鵹), 청조(靑鳥)라고 하는데 모두 서왕모가 부린다고 하였다.

二女微笑無言. 致遠作詩曰:

芳宵幸得暫相親　何事無言對暮春
將謂得知秦室婦　不知元是息夫人

於是 紫裙者恚曰:
"始欲笑言, 便蒙輕蔑, 息嬀曾從二壻, 賤妾未事一夫."
公言:
"夫人不言, 言必有中."
二女皆笑. 致遠乃問曰:
"娘子居在何方, 族序是誰?"

두 여자가 살짝 웃을 뿐 별 말이 없으니, 치원이 시를 지었다.

　　아름다운 밤 다행히 잠깐 만나뵙건만
　　어찌하여 말없이 늦봄을 마주하시나요
　　진실부(秦室婦)[21]를 알게 되었다 했더니
　　원래 식부인(息夫人)[22]인 줄 몰랐구려

이때 자줏빛 치마의 여자가 화내며 말하였다.

"담소를 나누리라 생각했는데 경멸을 당하다니. 식규(息嬀)는 두 남편을 쫓았지만 저희는 한 남자도 섬기지 않았습니다."

공이 말하였다.

"이 분은 말을 잘 하지 않지만, 말하면 꼭 이치에 맞는군요."[23]

두 여자가 모두 웃었다. 치원이 물었다.

"낭자들께서 사셨던 곳은 어디이며 친척[24]은 뉘신지요?"

21　진실부(秦室婦) : 진라부(秦羅敷)를 가리키는 듯하다. 그녀는 조왕(趙王)의 유혹을 받자, 자기에게는 훌륭한 남편이 있다고 남편을 자랑하는 노래 〈맥상상(陌上桑)〉을 지어 유혹을 뿌리쳤다. 〈나부행(羅敷行)〉이라고도 한다.

22　식부인(息夫人) : 춘추시대 식후(息侯)의 부인이다. 원래 진(陳)나라 사람으로 성이 규씨(嬀氏)라서 식규(息嬀)라고도 불린다. 초(楚)나라 문왕(文王)이 식(息)나라를 멸망시키고 탈취하여 부인으로 삼았다. 얼굴이 복사꽃 같다고 해서 '도화부인(桃花夫人)'으로 불렸다.

23　『논어』「선진(先進)」에 다음과 같은 구절이 있다. "魯人爲藏府, 閔子騫曰, 仍舊貫如之何, 何必改作? 子曰, 夫子不言, 言必有中(노나라 사람이 창고를 고쳐지었다. 민자건이 말하길 '옛 일을 그대로 따르는 것이 어떤가? 어찌 반드시 고쳐야 하는가?' 하니, 공자가 '이 사람은 말을 잘 하지 않지만 말하면 반드시 이치에 맞는다'라고 했다)."

24　친척 : 원문은 족서(族序). '족서'는 어느 집안의 사람인가를 물어보는 말인 듯하다.

紫裙者隕淚曰：

"兒與小姊, 凓水縣楚城鄉張氏之二女也. 先父不爲縣吏, 獨占鄉豪, 富似銅山, 侈同金谷. 及姊年十八, 妹年十六, 父母論嫁, 阿奴則定婚鹽商, 小妹則許嫁茗估, 姊妹每說移天, 未滿于心, 鬱結難伸, 遽至夭亡. 所冀仁賢 勿萌猜嫌."

致遠曰：

"玉音昭然, 豈有猜慮!"

乃問二女：

"寄墳已久, 去館非遙, 如有英雄相遇, 何以示現美談?"

자줏빛 치마의 여자가 눈물을 흘리며 말하였다.

"저와 동생은 율수현(溧水縣) 초성향(楚城鄉) 장씨(張氏)의 두 딸입니다. 돌아가신 아버지께서는 현의 관리가 되지 않고 지방의 토호(土豪)가 되시어 동산(銅山)²⁵처럼 부유했고 금곡(金谷)²⁶처럼 사치를 부렸습니다. 제 나이 열여덟 살, 아우의 나이 열여섯 살이 되자 부모님은 혼처를 의논하셨지요. 저는 소금장수와 정혼하고 아우는 차(茶)장수에게 혼인을 허락하셨어요. 저희들은 매번 남편감을 바꿔 달라 말하며 마음에 차지 않아 울적한 마음이 맺혀 풀기 어렵게 되고 급기야 요절하게 되었지요. 어질고 현명한 분을 바라는 것이니, 혐의를 두지 마세요."

치원이 말하였다.

"옥음(玉音)이 뚜렷한데 어찌 혐의를 두겠습니까?"

이어서 두 여자에게 물었다.

"무덤에 깃든 지 오래되었고 초현관에서 멀지 않으니 영웅과 만나신 일이 있을 터인데 어떤 아름다운 사연이 있었는지요?"

---

25 동산(銅山) : 사천성(四川省) 영경현(營經縣) 북쪽에 있는 산이다. 한 문제(漢文帝) 때에 등통(鄧通)이 돈을 주조하던 곳이다. 돈이 많음을 의미한다.
26 금곡(金谷) : 하남성(河南省) 낙양현(洛陽縣) 서북쪽에 있는 골짜기 이름이다. 금수(金水)라고도 하는데 진(晉)나라 석숭(石崇)의 별장 금곡원(金谷園)이 있었다. 석숭이 금곡원에서 빈객을 초대하여 크게 마시고 시를 짓는 모임을 열어 시를 짓지 못하면 벌주로 술 서 말을 마시게 했다는 고사가 있다. 석숭처럼 부자였다는 의미이다.

紅袖者曰:

"往來者皆是鄙夫. 今幸遇秀才, 氣秀鼇山, 可與話玄玄之理."

致遠將進酒, 謂二女曰:

"不知俗中之味可獻物外之人乎?"

紫裙者曰:

"不湌不飲, 無飢無渴, 然幸接瓊姿, 得逢瓊液, 豈敢辭違?"

於是, 飲酒各賦詩, 皆是清絶不世之句. 是時, 明月如畫, 清風似秋, 其姉改令曰:

"便將月爲題, 以風爲韻."

於是, 致遠作起聯曰:

金波滿目泛長空　千里愁心處處同

붉은 소매의 여자가 말하였다.

"왕래하는 자들이 모두 비루한 사람들뿐이었는데, 오늘 다행히 기품이 오산(鼇山)[27]처럼 수려하신 수재를 만났으니 함께 현묘한 이치를 말할 만합니다."

치원이 술을 권하며 두 여자에게 말하였다.

"속세 음식을 세상 밖의 분들께 드려도 될지 모르겠습니다."

자줏빛 치마의 여자가 말하였다.

"먹지 않고 마시지 않아도 배고프지 않고 목마르지 않습니다. 그러나 다행히 아름다운 분을 만나 좋은 술을 먹게 되었는데 어찌 사양하고 마다하겠습니까?"

이에 술을 마시고 각각 시를 지으니 모두 맑고 빼어나 세상에 없는 구절들이었다. 이때 달은 낮과 같이 환하고 바람은 가을날처럼 맑았다. 그 언니가 시령(詩令)[28]을 고쳐 말하였다.

"달을 시제로 정하고 풍(風)을 운(韻)으로 삼지요."

이에 치원이 첫 연을 지었다.

금빛 물결(월광) 눈에 가득 먼 하늘에 떠있고

천리 떠나온 근심은 곳곳마다 한결 같구나

---

27 오산(鼇山) : 큰 자라가 떠받치고 있는 바다 속의 산으로 신선이 사는 곳이다. 발해 동쪽에 다섯 산이 있었는데 뿌리가 연결되지 않아 항상 물결을 따라 올라왔다 내려갔다 했다. 상제가 서쪽으로 흘러가 버릴까 염려하여 큰 자라 열다섯 마리를 시켜 머리를 들어 떠받치게 했다. 『열자(列子)』「탕문(湯問)」.

28 시령(詩令) : 시를 짓기 전에 정하는 약속.

八娘曰：

輪影動無迷舊路　桂花開不待春風

九娘曰：

圓輝漸咬三更外　離思偏傷一望中

致遠曰：

練色舒時分錦帳　珪模暎處透珠櫳

八娘曰：

人間遠別腸堪斷　泉下孤眠恨莫窮

팔랑이 읊었다.

　　수레바퀴 그림자(월광) 움직임에 옛길 잃지 않고
　　계수나무 꽃은 봄바람 기다리지 않고 피었네

구랑이 읊었다.

　　둥근 빛 점차 삼경(三更) 너머 밝아오는데
　　한번 바라보니 이별 생각에 상심하는구나

치원이 읊었다.

　　하얀 빛깔 펼쳐질 때 비단 장막 나뉘고
　　홑무늬 비추는 곳에 구슬 창 투과하네

팔랑이 읊었다.

　　인간세상과 멀리 떨어져 애가 끊어질 듯
　　지하에서 외로이 자니 한이 끝도 없어라

九娘曰:

每羨嫦娥多計校　能抛香閣到仙宮

公嘆訝尤甚, 乃曰:
"此時無笙歌奏於前, 能事未能畢矣."
於是, 紅袖乃顧婢翠襟, 而謂致遠曰:
"絲不如竹, 竹不如肉, 此婢善歌."
乃命訴衷情詞, 翠襟斂袵一歌, 清雅絶世. 於是, 三人
半酣, 致遠乃挑二女曰:

구랑이 읊었다.

  늘 부러워 했네 상아(嫦娥)[29]가 계교 많아

  향각(香閣) 버리고 선궁(仙宮)에 갔음을

공이 더욱더 감탄하여 말하였다.

"이러한 때 앞에서 생황을 불지 않는다면 좋은 일을 다 누렸다
할 수 없겠지요."

이에 붉은 소매의 여자가 하녀 취금을 돌아보고서 치원에게 말
하였다.

"현악기가 관악기만 못하고 관악기가 사람 소리만 못하지요. 이
아이는 노래를 잘 부른답니다."

그리고는 소충정(訴衷情)[30] 사(詞)[31]를 부르라고 하였다. 취금이
옷깃을 여미고 한 번 노래하니 그 소리가 청아해서 세상에 다시없
을 것 같았다. 이제 세 사람은 얼큰하게 취했다. 치원이 두 여자를
꼬드겨 말하였다.

---

29 상아(嫦娥): 항아(姮娥). 달나라에 사는 미인의 이름, 또는 달을 지칭하기도 한다. 또
    예(羿)의 아내 이름이기도 하다. 남편 예가 서왕모(西王母)에게 청하여 얻은 불사약
    (不死藥)을 훔쳐 먹고 선인(仙人)이 되어 달나라로 도망가서 달의 정령이 되었다. 한
    문제(漢文帝)의 이름이 항(恒)이어서 한나라 사람들이 휘(諱)하여 상으로 이름을 고
    쳤다. 『회남자(淮南子)』「남명훈(覽冥訓)」.
30 소충정(訴衷情): 사패(詞牌, 사의 악보) 이름. 만당(晚唐) 시절에 온정균(溫庭筠)이
    이 곡조를 만들었고 이후 황정견(黃庭堅)과 육유(陸遊), 이청조(李淸照) 등 저명한 사
    인(詞人)이 이 곡조를 사용하였다.
31 사(詞): 곡자사(曲子詞), 장단구(長短句), 시여(詩餘)라고도 한다. 시의 변형으로서
    당대에 흥기하여 송대에 발전했다. 대개 여성적인 우아한 내용을 담고 있다.

"嘗聞盧充逐獵, 忽遇良姻, 阮肇尋仙, 得逢嘉配. 芳情若許, 姻好可成."

二女皆諾曰:

"虞帝爲君, 雙雙在御, 周良[32]作將, 兩兩相隨, 彼昔猶然, 今胡不爾."

致遠喜出望外, 乃相與排三淨枕, 展一新衾, 三人同衾, 繾綣之情, 不可具談.

---

32 《교감》 '良'은 '郎'의 오자인 듯하다.

"일찍이 노충(盧充)[33]은 사냥을 갔다가 홀연 좋은 짝을 얻었고, 완조(阮肇)[34]는 신선을 찾다가 아름다운 배필을 만났다고 들었습니다. 아름다운 그대들이 허락하신다면 좋은 연분을 맺고 싶습니다."

두 여자가 모두 허락하며 말하였다.

"순(舜)이 임금이 되었을 때 두 여자가 모시었고,[35] 주랑(周郎)[36]이 장군이 되었을 때도 두 여자가 따랐지요. 옛날에도 그러했는데 오늘은 어찌 그렇게 하지 않겠습니까?"

치원은 뜻밖의 허락에 기뻐하였다. 곧 정갈한 베개 셋을 늘어놓고 새 이불 하나를 펴놓았다. 세 사람이 한 이불 아래 누우니 그 곡진한 정(情)을 이루 다 말할 수 없었다.

33　노충(盧充) : 한(漢)나라 때 범양(范陽) 사람이다. 최소부(崔少府)의 딸 무덤 곁에서 사냥을 하다 여자의 영혼을 만나 결혼하였고 아들 한 명을 얻었다. 『수신기(搜神記)』권16.

34　완조(阮肇) : 후한(後漢) 때의 사람이다. 영평(永平) 연간에 유신(劉晨)과 함께 약을 캐러 산에 갔다가 길을 잃었는데 두 여자가 맞아서 함께 동굴로 들어가 얼마간 즐겁게 지냈다. 이후 집으로 돌아와 보니 그 자손은 이미 칠대의 후손이 되어 있었다. 천태(天台)의 사람들이 사당에 모시고 제사를 지냈다. 『상우록(尚友錄)』15.

35　순(舜)이 ~ 모시었고 : 순이 요(堯)임금의 두 딸인 아황(娥皇)과 여영(女英)을 아내로 맞이하였다.

36　주랑(周郎) : 삼국시대 오(吳)나라 주유(周瑜, 175~210)를 말한다. 건위중랑장(建威中郎將)으로 손권(孫權)을 따라 조조(曹操)를 적벽(赤壁)에서 크게 무찔렀다. 당시 동오(東吳)에서는 교현(喬玄)의 두 딸 대교(大喬)와 소교(小喬)가 최고 미인이었는데 대교는 손책(孫策), 소교는 주유와 결혼하였다.

致遠戲二女曰：

"不向閨中作黃公之子婿, 翩來塚側夾陳氏之女奴, 未測何緣得逢此會."

女兄作詩曰：

聞語知君不是賢　應緣慣與女奴眠

弟應聲續尾曰：

無端嫁得風狂漢　强被輕言辱地仙

公答爲詩曰：

五百年來始遇賢　且歡今夜得雙眠
芳心莫怪親狂客　曾向春風占謫仙

치원이 두 여자에게 장난스레 말하였다.

"규방에 가서 황공(黃公)[37]의 사위가 되지 못하고, 도리어 무덤가에 와서 진씨(陳氏) 노비[38]를 껴안았도다. 무슨 인연으로 이런 만남 이루었는지 알지 못하겠소이다."

언니가 시를 지어 읊었다.

그대의 말 들으니 어질지 못하군요
인연이 그렇다면 노비와 자야 했을 것을

동생이 소리에 응하여 그 뒤를 이었다.

뜻밖에 바람난 미친 사내와 인연을 맺어
지선(地仙)을 모욕하는 경박한 말을 들었구나

공이 화답하여 시를 지었다.

오백 년 만에 비로소 어진 이 만났고
또 오늘 밤 함께 잠자리를 즐겼네
고운 그대들 광객(狂客)을 가까이 했다 한탄하지 말라
일찍이 봄바람에 적선(謫仙)을 차지했으니

---

37 황공(黃公) : 제(齊)나라에 황공(黃公)이라는 사람이 있었는데 겸손하기를 좋아하였다. 두 명의 딸이 모두 절세의 미인이었는데 황공은 겸손하게 못생겼다고 말하였다. 못생겼다는 평판이 멀리까지 퍼져 누구도 장가들려는 사람이 없었다. 위(衛)나라의 한 홀아비가 이런 평판을 무시하고 장가를 들었더니 과연 절세의 미인이었다.

38 진씨(陳氏) 노비 : 『오행기(五行記)』의 〈진랑비(陳郎婢)〉(『태평광기』 권375)에 나오는 인물. 〈진랑비〉는 진랑의 여종이 죽어 매장되었다가 다시 살아났다는 이야기이다.

小頃, 月落鷄鳴, 二女皆驚, 謂公曰 :

"樂極悲來, 離長會促, 是人世貴賤同傷, 況乃存沒異途, 昇沈殊路. 每慚白晝, 虛擲芳時, 只應拜一夜之歡, 從此作千秋之恨, 始喜同衿之有幸, 遽嗟破鏡之無期."

二女各贈詩曰 :

星斗初回更漏闌　欲言離緒淚闌干
從茲便結千年恨　無計重尋五夜歡

又曰 :

斜月照窓紅臉冷　曉風飄袖翠眉攢
辭君步步偏腸斷　雨散雲歸入夢難

잠시 후 달이 지고 닭이 울자, 두 여자가 모두 놀라며 공에게 말하였다.

"즐거움이 다하면 슬픔이 오고 이별은 길고 만남은 짧으니, 이는 인간세상에서 귀천을 떠나 모두 애달파하는 일인데 하물며 삶과 죽음의 길이 다르고 부침(浮沈)의 길이 다르니 어떻겠습니까? 늘 대낮을 부끄러워하고 좋은 시절 헛되이 보내다가, 다만 하룻밤의 즐거움을 누리고는 이로부터 천년의 길고 긴 한을 품게 되었군요. 처음엔 동침의 행운을 기뻐했는데 벌써 기약 없는 이별을 탄식하게 되었습니다."

두 여자가 각각 시를 주었다.

별이 처음으로 돌아가고 물시계 다하니
이별을 말하려니 눈물이 먼저 흐르네
이제부턴 천년의 긴 한만 맺히고
깊은 밤의 즐거움 다시 찾을 기약 없어라

기운 달빛이 창에 비추자 붉은 뺨 차가와지고
새벽바람에 옷깃 나부끼자 비취 눈썹 찡그리네
임과 이별하는 걸음걸음에 애간장이 끊어지고
비 흩어지고 구름 돌아가니 꿈에 들기도 어려워라

致遠見詩, 不覺垂淚.

二女謂致遠曰:

"倘或他時, 重經此處, 修掃荒塚."

言訖卽滅. 明旦, 致遠歸塚邊, 彷徨嘯咏, 感嘆尤甚, 作長歌, 自慰曰:

草暗塵昏雙女墳　古來名迹竟誰聞
唯傷廣野千秋月　空鎖巫山兩片雲
自恨雄才爲遠吏　偶來孤館尋幽邃
戲將詞句向門題　感得仙姿侵夜至
紅錦袖紫羅裙　坐來蘭麝逼人薰
翠眉丹頰皆超俗　飲態詩情又出群
對殘花傾美酒　雙雙妙舞呈纖手

치원은 시를 보고 자기도 모르게 눈물을 흘렸다.

두 여자가 치원에게 말하였다.

"혹시라도 다른 날 이곳을 다시 지나가게 되신다면 황폐한 무덤을 다듬어 주세요."

말을 마치자 곧 사라졌다.

다음 날 아침 치원은 무덤가로 가서 쓸쓸히 거닐면서 읊조렸다. 탄식함이 더욱 심해져 긴 시를 지어 자신을 위로하였다.

풀 우거지고 먼지 덮여 캄캄한 쌍녀분

예부터 이름난 자취 그 누가 들었으리

넓은 들 변함없는 날만 애달파 하니

부질없이 무산의 두 조각구름 얽혀있네

뛰어난 재주로 원방 관리됨을 한탄하다가

우연히 고관(孤館)에 와 그윽한 곳 찾았네

장난으로 시구를 문에다 썼더니

감동한 선녀께서 밤에 찾아왔도다

붉은 비단 소매의 여인, 자줏빛 비단 치마의 여인

앉으니 난초향기 사향향기 스며드네

비취 눈썹 붉은 뺨 모두 세속을 벗어났고

마시는 모습, 시상도 뛰어나네

지고 남은 꽃 마주하여 좋은 술 기울이고

쌍으로 섬섬옥수 내밀며 묘하게 춤추네

狂心已亂不知羞　芳意試看相許否
美人顔色久低迷　半含笑態半含啼
面熟自然心似火　臉紅寧假醉如泥
歌艶詞打懽合　　芳宵良會應前定
纔聞謝女啓清談　又見班姬擒雅詠
情深意密始求親　正是艶陽桃李辰
明月倍添衾枕思　香風偏惹綺羅身
綺羅身衾枕思　　幽歡未已離愁至

미친 내 마음 어지러워 부끄럼도 모르고

아름다운 그대들이 허락할지 시험해보았네

미인은 얼굴을 한참 숙이고 어쩔 줄 몰라

반쯤은 웃는 듯 반쯤은 우는 듯하네

낯이 익자 자연히 마음은 불같이 타오르고

뺨은 진흙처럼 발개져 취한 듯하네

고운 노래 부르다 기쁨 함께 누리니

이 아름다운 밤 좋은 만남은 미리 정해진 것이었으리

사녀(謝女)[39]가 청담(淸談)한 것 듣고

반희(班姬)[40]가 고운 노래 뽑는 것 보았도다

정이 깊어지고 살뜰해서 비로소 친힘을 구히니

정녕 늦은 봄날 도리꽃 피는 시절이로다

명월은 금침(衾枕)[41]의 정 더해주고

향풍은 비단 몸을 끌어당기는구나

비단 몸이여, 금침의 정이여

그윽한 즐거움 다하지 않았는데 이별 근심 오네

39 사녀(謝女) : 진(晋)나라 사안(謝安)의 조카딸로 자(字)는 도온(道韞)이다. 그녀는 어
   려서부터 변론의 재주가 있어 총명하다고 알려졌고 왕응지(王凝之)의 처가 되었다.
   일찍이 응지의 아우 헌지(獻之)가 사람들과 담론을 할 때, 말이 궁하게 되었는데, 그녀
   가 헌지를 도와 상대방을 논파하고 굴복시켰다.
40 반희(班姬) : 반소(班昭). 자(字)는 혜희(惠姬). 조세숙(曹世叔)에게 시집을 가서, 조
   세숙이 죽은 후 절개를 지켜 이름이 났다. 화제(和帝)가 궁으로 불러 황후와 귀인(貴
   人)의 스승으로 삼았다. 존칭으로 조대가(曹大家)라고 한다.
41 금침(衾枕) : 이부자리와 베개.

數聲餘歌斷孤魂　一點殘燈照雙淚
曉天鸞鶴各西東　獨坐思量疑夢中
沈思疑夢又非夢　愁對朝雲歸碧空
匹馬長嘶望行路　狂生猶再尋遺墓
不逢羅襪步芳塵　但見花枝泣朝露
腸欲斷首頻回　泉戶寂寥誰爲開
頓轡望時無限淚　垂鞭吟處有餘哀
暮春風暮春日　柳花撩亂迎風疾
常將旅思怨韶光　況是離情念芳質
人間事愁殺人　始聞達路又迷津

몇 가락 남은 노래 외로운 혼 끊어질 듯

한 가닥 스러지는 등잔불 두 줄기 눈물 비추네

새벽녘 난새와 학은 각각 동서로 흩어지고

홀로 앉아 꿈인가 헤아려 보네

깊이 생각하니 꿈인가 하나 꿈은 아니라

시름겨워 푸른 하늘 떠도는 아침 구름 마주하네

말은 길게 울며 가야할 길 바라보나

미친 나는 오히려 다시 버려진 무덤 찾았도다

버선 발 고운 먼지 속으로 걸어 나오지 않고

아침 이슬에 흐느끼는 꽃가지만 보았네

애 끊는 듯하여 자주 놀아보시반

적막한 저승 문 누가 열리오

고삐 당겨 바라볼 때 끝없이 눈물 흐르고

채찍 드리우고 시 읊는 곳 슬픔만 남았도다

늦봄 바람 불고 늦봄 햇살 비추는데

버들꽃 어지러이 빠른 바람에 나부끼도다

늘 나그네 시름으로 화창한 봄날 원망할 터인데

하물며 이별의 슬픔 안고 그대들 그리워함에랴

인간 세상의 일이 사람을 근심하게 하는구나

비로소 통하는 길 들었는데 또 나루를 잃었네[42]

---

42 『논어』「미자(微子)」에 다음과 같은 구절이 있다. "長沮桀溺, 耦而耕, 孔子過之, 使子路問津焉. 長沮曰, 夫執輿者爲誰? 子路曰, 爲孔丘. 曰是魯孔丘與? 對曰是也. 曰是

草沒銅臺千古恨　花開金谷一朝春
阮肇劉晨是凡物　秦皇漢帝非仙骨
當時嘉會杳難追　後代遺名徒可悲
悠然來忽然去　　是知風雨無常主
我來此地逢雙女　遙似襄王雲雨夢
大丈夫大丈夫　　壯氣須除兒女恨
莫將心事戀妖狐

知津矣.(장저와 걸익이 함께 밭을 가는데 공자가 지나가다 자로에게 나루를 묻게 하였다. 장저가 "고삐를 쥔 자가 누구인가?"라고 물었다. 자로가 "공구입니다"라고 하였다. 장저가 "바로 노나라 공구인가?" 하고 묻자 자로가 "그렇습니다"라고 대답하였다. 장저가 "그 사람이 나루를 알 것이다"라고 하였다.)" 위 시에서 진(津)은 삶의 방향으로 해석할 수 있다.

잡초 우거진 동대(銅臺)[43]엔 천년의 한 서리고

꽃핀 금곡(金谷)은 하루아침의 봄이로구나

완조(阮肇)와 유신(劉晨)은 보통사람이고

진시황(秦始皇)[44]과 한무제(漢武帝)[45]도 신선 재목 아니네

옛날의 아름다운 만남 아득하여 쫓지 못하고

후대에 남겨진 이름 그저 슬퍼할 따름이라네

문득 왔다가 홀연히 가버리니

비바람 주인 없음 알겠네

내가 이곳에서 두 여자를 만난 것은

양왕(襄王)의 운우(雲雨) 꿈과 비슷하도다

대장부 대장부여!

남아의 기운으로 아녀자의 한을 제거한 것뿐이니

마음을 요망스런 여우에게 연연하지 마라

---

43 동대(銅臺) : 동작대(銅雀臺)의 약칭. 악부(樂府)와 상화가사(相和歌辭)의 명칭이기
   도 하다. 위 무제(魏武帝)가 임종(臨終)할 때에 기첩(妓妾)에 연연하던 일과 기첩들이
   무제의 사후에 군은(君恩)을 추모한 사실을 서술하고 있다. 삼국시대 위(魏) 조조(曹
   操)가 세웠다.
44 진 시황(秦始皇) : 기원전 259~기원전 210. 중앙 집권적 통일제국인 진(秦)나라를 건설
   한 전제군주. 만년에 서복(徐福)과 노오(盧敖) 등을 보내 불사약을 구하려 하였다.
45 한 무제(漢武帝) : 기원전 156~기원전 87. 한나라 제7대 황제. 유학을 바탕으로 하여 국
   가를 다스렸으며 해외 원정을 펼쳐 흉노·위만조선 등을 멸망시켜 전한의 전성기를 열
   었다. 도술(道術)에 관심이 커서, 도사들을 측근에 두고 중용했다고 하는데, 이런 내용
   을 이야기화한 『한무내전(漢武內傳)』이 전한다. 재위 기원전 141~87.

後致遠擢第東還, 路上歌詩云:

浮世榮華夢中夢　白雲深處好安身

乃退而長往, 尋僧於山林江海, 結小齋, 尋石臺, 耽玩文書, 嘯咏風月, 逍遙偃仰於其間南山淸凉寺[46]·合浦縣月影臺·智異山雙溪寺·石南寺·墨泉石臺, 種牡丹, 至今猶存, 皆其遊歷也. 最後隱於伽倻山海印寺, 與兄大德賢俊·南岳師定玄, 探賾經論, 遊心沖漠, 以終老焉.

—『太平通載』卷68[47]

[46] 《교감》南山과 淸凉寺 사이에 탈락이 있는 듯하다. 『삼국사기』 열전 〈최치원〉에 "경주 남산과 강주 빙산과 합주 청량사와 지리산 쌍계사와 합포현 별장, 이 모두가 최치원이 노닌 곳이다(若慶州南山·剛州氷山·陝州淸凉寺·智異山雙溪寺·合浦縣別墅, 此皆遊焉之所)"라고 하였다. 『신증동국여지승람』 경주부(慶州府) 산천(山川) 금오산(金烏山) 항목에는 "남산(南山)이라고도 한다. 부의 남쪽 6리에 있다(一名南山, 在府南六里)"고 하였고, 합천군(陝川郡) 불우(佛宇) 청량사(淸凉寺) 항목에는 "월유봉 밑에 있으며 최치원이 여기서 놀았다(在月留峰下, 崔致遠嘗遊于此)"고 하였다.
[47] 여기서는 『삼국유사』 「최남선 편」에 부록으로 실린 기록을 전재한다.

나중에 최치원은 과거에 급제하고 고국으로 돌아오다 길에서
시를 읊었다.

> 뜬 구름 같은 세상의 영화는 꿈속의 꿈이니
>
> 흰 구름 깊은 곳에서 이 한 몸 좋이 깃들리라

그리고는 물러가 아주 속세를 떠나 산과 강의 스님을 찾아가서
는, 작은 서재(書齋)를 짓고 석대(石臺)를 쌓아서 문서를 탐독하고 풍
월을 읊조리며 그 사이에서 유유자적하게 살았다. 남산(南山)[48]의
청량사(淸凉寺), 합포현(合浦縣)[49]의 월영대(月影臺),[50] 지리산(智異山)
의 쌍계사(雙溪寺)[51]·석남사(石南寺)·묵천석대(墨泉石臺)에 모란을
심었는데 지금까지도 남아 있으니, 모두 그가 돌아다닌 흔적이다.
최후에 가야산(伽倻山)[52] 해인사(海印寺)[53]에 은거하여 그 형인 대덕
(大德)[54] 현준(賢俊)[55] 및 남악사(南岳師) 정현(定玄)[56]과 함께 경론(經
論)을 탐구하여 마음을 고요한[沖漠] 데 노닐다가 세상을 마쳤다.

—『태평통재』 권68

48 남산(南山) : 가야산 해인사의 남산 월류봉(月留峰, 남산제일봉)을 가리킴.
49 합포현(合浦縣) : 경상남도 창원시 마산합포구 지역.
50 월영대(月影臺) : 경상남도 창원시 마산합포구 해운동에 있는, 최치원(崔致遠, 857~?)
    이 제자를 가르치던 곳.
51 쌍계사(雙溪寺) : 경상남도 하동군(河東郡) 화개면(花開面)에 있는 절. 신라 33대 성
    덕왕(聖德王) 22년(723)에 혜소(慧掃)가 지었다. 최치원(崔致遠)이 지은 「진감 선사
    대공탑비(眞鑑禪師大功塔碑)」가 있다.
52 가야산(伽倻山) : 경상남도 합천군 가야면.
53 해인사(海印寺) : 가야산 남서쪽에 있는 사찰. 신라 애장왕(哀莊王) 때 지었다.
54 대덕(大德) : 덕이 높은 스님을 가리키는 말.
55 현준(賢俊) : 화엄학에 뛰어난, 의상(義相) 계열의 승려. 최치원의 〈법장화상전(法藏
    和尙傳)〉에는 '현준(玄準)'으로 표기되어있다.
56 정현(定玄) : 신라 진성여왕 6년(892)에 전라북도 진안에 있는 천태산 옥천사(玉川寺)
    를 창건한 인물.

仙女紅袋

　　崔致遠西遊, 嘗遊招賢館. 前岡有古塚, 號雙女墳. 致
遠題詩石門. 云云.
　　忽睹一女, 手操紅袋, 就前曰:
　　"八娘九娘, 各有酬答, 謹令奉呈."
　　公回顧驚惶, 問何姓娘子, 曰:
　　"朝間拂石題詩, 卽二娘所居也."
　　公見第一袋, 是八娘奉酬, 第二袋, 是九娘奉酬, 又書
後幅曰:

　　莫怪藏姓名　孤魂畏俗人
　　欲將心事說　能許暫相親

선녀의 붉은 주머니

최치원(崔致遠)이 당나라 유학 중에 일찍이 초현관(招賢館)에 놀러 간 적이 있었다. 관 앞의 언덕에는 오래된 무덤이 있었는데, 쌍녀분(雙女墳)이라 불렸다. 치원은 이 무덤 앞 석문(石門)에다 시를 썼다.

(…중략…)

홀연 한 여자를 보았다. 그 여자는 손에 붉은 주머니를 쥐고 앞으로 와서 말하였다.

"팔낭자(八娘子)와 구낭자(九娘子)께서 각각 화답하여 삼가 바친다 하셨습니다."

공(公)이 돌이켜보고 놀라며 어떤 낭자인지 물으니,

"아침에 돌을 쓸어내어 시를 쓰신 곳이 바로 두 낭자가 사는 곳입니다"

라고 했다. 공이 첫 번째 주머니를 보니, 이는 팔낭자가 화답한 시였다. 두 번째 주머니는 구낭자가 화답한 시였다. 또 뒷면에 다음과 같이 써 있었다.

이름을 숨긴다고 이상하게 여기지 마세요.

외로운 혼백이 속인을 꺼려서입니다,

심사를 말하고 싶으니

잠시 가까이할 수 있게 해주세요.

公旣見芳詞, 頗有喜色, 乃問其名字, 曰翠襟. 公乃作詩付翠襟.

云云. 又書末幅云:

青鳥無端報事由　暫時相憶淚雙流
今宵若不逢仙質　判卻殘生入地求

翠襟得詩, 迅若飇逝. 公獨立哀吟. 良久香氣忽來, 二女齊至, 正是一雙明珠, 兩朶瑞蓮. 公驚拜云:
"海島微生, 風塵末吏, 豈期仙侶猥顧凡流?"
乃問曰:
"娘子居何方, 族序是誰?"

공은 아름다운 시를 보고나서 자못 기쁜 빛을 띠고 그 여자에게 이름을 물었더니, '취금(翠襟)'이라고 했다. 공은 이에 시를 지어 취금에게 주었다.

(…중략…)

이어서 끄트머리에 다음과 같이 썼다.

파랑새 느닷없이 사연을 알려주니

보고픔에 잠시 두 줄기 눈물 흐르네

오늘 밤 선녀들을 만나지 못한다면

남은 인생 땅 속이라도 들어가 찾으리

취금이 시를 받고는 회오리바람처럼 빠르게 가버리자 공은 홀로 서서 슬프게 읊조렸다. 오래 지나 문득 향기가 나더니 두 여자가 나란히 나타났다. 정녕 한 쌍의 맑은 구슬 같았고 두 송이 상서로운 연꽃 같았다. 공은 놀라 절하고 말하였다.

"섬나라의 미천한 태생이고 속세의 말단 관리로서 어찌 외람되게 선녀들이 범부(凡夫)를 돌아볼 줄 생각이나 했겠습니까?"

그리고 물었다.

"낭자들께서 사셨던 곳은 어디이며 친척은 뉘신지요?"

紫裙者隕淚曰:

"兒與小妹, 乃張氏二女也. 先父富似銅山, 侈同金谷.
姊年十八, 妹年十六, 父母論嫁, 阿姊卽定婚鹽商, 小妹
卽許嫁茗估. 每說移天, 未滿于心, 鬱結難伸, 遽至夭亡.
今幸遇秀才, 氣秀鰲山, 可與話玄玄之理. 是夕明月如
畫, 淸風似秋, 將月爲題 以風爲韻."

公作起聯云:

金波滿目汎長空　千里愁心處處同

八娘繼曰:

輪影動無迷舊路　桂花開不待春風

붉은 치마의 여자가 눈물을 흘리며 말하였다.

"저와 동생은 장씨(張氏)의 두 딸입니다. 돌아가신 아버지께서는 동산(銅山)처럼 부유했고 금곡(金谷)처럼 사치스러웠습니다. 제 나이 열여덟 살, 아우의 나이 열여섯 살이 되자 부모님은 혼처를 의논하셨지요. 저는 소금장수와 정혼하고 아우는 차(茶)장수에게 혼인을 허락하셨어요. 저희들은 매번 남편감을 바꿔 달라 말하며 마음에 차지 않아 울적한 마음이 맺혀 풀기 어렵게 되고 급기야 요절하게 되었지요. 오늘 다행히 기품이 오산(鼇山)처럼 수려한 수재(秀才)를 만났으니 현묘한 이치를 말할 만합니다. 이 밤에 달은 낮과 같이 환하고 바람은 가을날처럼 맑으니 달을 시제(詩題)로 정하고 풍(風)을 운(韻)으로 삼으시지요."

공이 일어나 첫 연을 지었다.

금빛 물결 눈에 가득 먼 하늘에 떠있고
천리 떠나온 근심은 곳곳마다 한결 같구나

팔랑이 이었다.

수레바퀴 그림자 움직임에 옛길 잃지 않고
계수나무 꽃은 봄바람 기다리지 않고 피었네

九娘又繼曰:

圓輝漸皎三更外 離思偏傷一望中

云云.

竟不知所去. (新羅殊異傳)

—『大東韻府群玉』[1] 卷15

구랑이 또 이었다.

둥근 빛 점차 삼경(三更) 너머 밝아오는데
한번 바라보니 이별 생각에 상심하는구나

(…중략…)

마침내 간 곳을 알지 못하였다. (『신라 수이전』)

—『대동운부군옥』 권15

志鬼

卷七十三 志鬼條 亦引新羅殊異傳曰 :

志鬼 新羅活里駬人也. 慕善德王之端嚴美麗, 愁憂涕泣, 形容憔悴. 王聞之, 召見曰 :

“朕明日幸靈廟寺行香. 汝於其寺待朕.”

志鬼翌日歸靈廟寺塔下, 待駕幸, 忽然睡酣. 王到寺, 行香, 見志鬼方睡著. 王脫臂環, 置諸胸, 卽還宮. 然後乃,[1] 御環在胸, 恨不得待御, 悶絶良久, 心火出燒其(塔).[2]

---

1 《교감》 '乃' 다음에 '覺'이 빠진 듯하다.
2 《교감》 『청분실서목(淸芬室書目)』에서는 '身'으로 추정하였으나 「심화요탑」에 의거하여 '塔'으로 정한다.

지귀

권73 지귀 항목에서 또한 『신라 수이전』을 인용하니, 다음과 같다.

지귀(志鬼)는 신라 활리(活里)[3]의 역인(驛人)[4]이다. 선덕왕(善德王)[5]의 단아하고 수려함을 사모하여 근심하고 눈물을 흘려 모습이 초췌해졌다. 왕이 이 소식을 듣고 불러 말하였다.

"짐이 내일 영묘사(靈廟寺)에 가서 향을 피울 것이다. 너는 그 절에서 짐을 기다려라."

지귀는 다음날 영묘사 탑 아래에 가서 왕의 행차를 기다리다가 홀연 깊은 잠에 빠져들었다. 왕은 절에 도착하여 향을 피우고는 지귀가 잠들어 있는 것을 보았다. 왕은 팔찌를 빼어 가슴에다 놓고 궁으로 돌아갔다. 후에 (잠에서 깨어나) 왕의 팔찌가 가슴에 놓여 있는 것을 보고 왕을 기다리지 못한 것을 한탄했다. 그 안타까움에 오래도록 기절해 있다가, 마음의 불이 일어나서 그 탑을 불태웠다.[6]

---

3 활리(活里) : 경주 사리(沙里)의 옛 이름이라고 『세종실록 지리지』에 전한다.
4 역인(驛人) : 역리(驛吏)와 역졸(驛卒)을 일컫는 말이다.
5 선덕왕(善德王) : 신라 제27대 왕. 재위 632~647.
6 『삼국유사』 권4 「의해(義解)」 〈이혜동진(二惠同塵)〉에 관련 기록이 있다. "(惠空이) 또 하루는 새끼로 노끈을 꼬아 영묘사로 들어가서 금당과 좌우 경루와 남문 행랑채들을 둘러 묶고는 강사에게 고하길, '이 끈을 삼일 후에 취하라' 하였다. 강사가 이상히 여기며 그 말을 따랐다. 과연 삼일 째 되는 날 선덕왕이 행차하여 절에 들어왔고 지귀의 심화(心火)가 나와 탑을 태웠는데, 오직 끈으로 묶은 곳은 화재를 면했다.(又一日將草

志鬼卽變火鬼.
於是王命術士, 作呪詞曰:

志鬼心中火　燒身變火神
流移滄海外　不見不相親.

時俗帖此詞於門壁, 以鎭火災.

—『淸芬室書目』‘太平通載’ 항목[7]

索綯. 入靈廟寺. 圍結於金堂與左右經樓及南門廊廡, 告剛司. 此索須三日後取之.
剛司異焉而從之. 果三日善德王駕幸入寺. 志鬼心火出燒其塔. 唯結索處獲免.)” 금
당(金堂)은 사찰의 본존(本尊)을 안치하는 법당. 경루(經樓)는 불경을 봉안(奉安)한
누각. 강사(剛司)는 절에서 법회 의식을 담당하는 직책을 말한다.
7　이인영, 『청분실서목』 영인, 보고사, 1993, 70~71쪽. 『청분실서목』은 이인영이 소장한
　문헌의 목록을 1944년에 작성한 책이다.

지귀가 불귀신으로 변한 것이다.

　이에 왕은 주술사에게 명하여 주문(呪文)을 짓게 했으니 다음과 같다.

　　지귀 마음에서 일어난 불이
　　몸을 태우고 불귀신으로 변했네
　　창해(滄海) 밖으로 흘러 옮겨가
　　보이지도 말고 가까이하지도 말지라

　당시 풍속에 이 주문을 문과 벽에 붙여 화재를 막았다.

―『청분실서목』'태평통재' 항목

心火繞塔

志鬼新羅活里驛人. 慕善德王之美麗, 憂愁涕泣, 形容憔悴. 王幸寺行香, 聞而召之. 志鬼歸寺塔下, 待駕幸, 忽然睡酣. 王脫臂環, 置胸還宮. 後乃睡覺, 志鬼悶絶良久, 心火出繞其塔, 卽變爲火鬼. 王命術士, 作呪詞曰:

志鬼心中火, 燒身變火神.
流移滄海外, 不見不相親.

時俗, 帖此詞於門壁, 以鎭火災. (殊異傳)

—『大東韻府群玉』卷20[1]

---

1 『해동잡록』 권4(영인, 태학사,1986)에도 동일한 기록이 실려 있다. 다만 '後'가 '然後', '繞'가 '燒'로 되어 있다.

마음의 불이 탑을 두르다

지귀(志鬼)는 신라 활리(活里)의 역인(驛人)이다. 선덕왕(善德王)의 미려함을 사모하여 근심하고 눈물을 흘려 모습이 초췌해졌다. 왕이 절[2]에 가서 향을 피우려고 할 때, 소문을 듣고 불렀다.

지귀는 탑 아래에 가서 왕의 행차를 기다리다가 홀연 깊은 잠에 빠져들었다. 왕은 팔찌를 빼어 가슴에다 놓고 궁으로 돌아갔다. 후에 잠에서 깨어난 지귀는 안타까움에 기절해 버렸다. 그렇게 한참 시간이 지나면서, 마음의 불이 나와 그 탑을 둘렀다. 지귀가 불귀신으로 변한 것이다.

왕은 주술사에게 명하여 주문을 짓게 했으니 다음과 같다.

지귀 마음에서 일어난 불이
몸을 태우고 불귀신으로 변했네
창해(滄海) 밖으로 흘러 옮겨가
보이지도 말고 가까이하지도 말지라

당시 풍속에 이 주문을 문과 벽에 붙여 화재를 막았다. (『수이전』)

—『대동운부군옥』 권20

---

2 절 : 영묘사(靈妙寺)를 가리킨다.

迎烏 · 細烏

但新羅殊異傳曰:

東海濱有人, 夫曰迎烏, 妻曰細烏. 一日迎烏採藻海濱, 忽漂至日本國小島爲主. 細烏尋其夫, 又漂至其國, 立爲妃.
是時, 新羅日月無光. 日者奏曰:
"迎烏細烏, 日月之精. 今去日本, 故有斯怪."
王遣使求二人. 迎烏曰:
"我到此, 天也."
乃以細烏所織綃, 付送使者曰:
"以此祭天, 可矣."

다만 『신라 수이전』에 다음과 같이 전한다.

동해 가에 사람이 살고 있었는데, 남편은 영오(迎烏)요 부인은 세오(細烏)라고 했다. 하루는 영오가 바닷가에서 바닷말을 따다가, 홀연 표류하여 일본의 작은 섬에 이르러 왕이 되었다. 세오가 남편을 찾다가 역시 표류하여 그 나라에 이르렀는데, 바로 왕비로 삼았다. 이때 신라에서는 해와 달이 빛을 잃었다. 일자(日者)[1]가 임금께 아뢰었다.

"영오와 세오는 해와 달의 정령(精靈)입니다. 지금 일본에 가버린 까닭에 이런 변괴가 있는 것입니다."

왕이 사신을 파견하여 두 사람을 찾아오도록 했다. 영오가 말하기를,

"내가 이곳에 이른 것은 곧 하늘의 뜻이다"

하고는, 세오가 짠 고운 비단을 사신에게 주어 보내면서 말하였다.

"이것으로 하늘에 제사 지내면 괜찮아질 것이다."

---

1 일자(日者) : 시일(時日)의 길흉을 점치는 사람.

遂名祭天所曰迎日, 仍置縣.
是新羅阿達王四年也.

—『筆苑雜記』[2] 卷2

마침내 하늘에 제사지낸 곳을 일러 '영일(迎日)³'이라 부르고는
현(縣)⁴을 두었다.

이것은 신라 아달왕(阿達王)⁵ 4년(157)의 일이다.

—『필원잡기』 권2

---

3   영일(迎日) : 해를 맞이한다는 뜻으로, 현재 경상북도 영일군이다.
4   현(縣) : 지방행정구역의 단위. 신라시대에는 주·군·현(州郡縣) 제도가 있었다.
5   아달왕(阿達王) : 신라 제8대 왕. 아달라왕(阿達羅王)이라고도 한다. 재위 154~184.

脫解

龍城國王妃生大卵, 怪之置卵小櫃, 以奴婢七寶文貼載船泛海, 來至阿珍浦. 村長阿珍等開櫝出卵, 忽有鵲來啄卵開, 有童男自稱脫解. 託村嫗爲母, 學書史, 兼通地理, 體貌雄傑.

登吐含山, 相京師地勢. 新月城墟可居, 而有瓠公者居焉. 瓠公浮瓠渡海來居, 不知何人也. 脫解謀欲取之, 夜入其家園, 埋鍛金器, 告於朝曰：

탈해

『수이전』 :

용성국(龍城國)의 왕비가 큰 알을 낳았다. 괴이히 여겨 작은 함에 넣어 노비와 7가지 보물과 문서를 함께 배에 실어 바다에 띄어 보냈다. 배가 아진포(阿珍浦)[1]에 닿자, 촌장 아진(阿珍) 등이 함을 열어 알을 꺼냈다. 홀연 까치가 와서 알을 쪼아서 여니, 그 안에 남자아이가 있어 자칭 '탈해'라 했다. 그는 마을 노파에게 부탁하여 어미로 삼았다. 글과 역사를 배우고 지리에도 통달했으며 모습이 우람했다.

토함산(吐含山)[2]에 올라 서울의 지세를 살펴보니, 신월성(新月城)[3]의 터가 가히 거처할 만 했는데 [그곳에] 호공(瓠公)이란 자가 살고 있었다. 호공은 박을 타고 바다를 건너와서 살고 있었기에 어떤 사람인지 알지 못했다. 탈해는 꾀로 그 집을 취하고자 했다. 밤에 그 집 뜰에 들어가 쇠를 단련하는 도구를 묻어두고 조정에 가서 말하였다.

---

1   아진포(阿珍浦) : 경주 양남면(陽南面) 하서리(下西里) 부근의 해변.
2   토함산(吐含山) : 높이 745m. 경주 시역에서 가장 큰 산으로 신라시대에는 동악(東嶽)이라 했고 호국(護國)의 진산(鎭山)으로 신성시되어 왔다.
3   신월성(新月城) : 경주 인왕동(仁旺洞) 소재. 신라 궁궐이 있던 곳. 지형이 초승달처럼 생겼다 해서 붙은 지명. 월성(月城)이라고도 한다.

“予世業鍛金, 暫適隣鄕, 瓠公取居吾家. 請驗之.”
掘之, 果有鍛金器. 王知脫解實非鷄林人也, 特善其非
凡, 以其家賜之. 遂降長公主.
龍城國在倭國東北二千里.

—『三國史節要』[4] 卷2
新羅 儒理王 三十四年·脫解王元年 註

<hr>

4　『삼국사절요(三國史節要)』: 조선 전기에 서거정(徐居正, 1420~1488) 등이 편년체(編
　年體)로 편찬한, 단군조선에서 삼국까지를 다룬 역사서. 『삼국사절요』 영인, 아세아
　출판사, 1973.

"저는 대대로 대장장이를 업으로 삼았다가 잠시 이웃 마을에 갔는데, 호공이 저의 집을 취했습니다. 청컨대 증험(證驗)해주소서."

땅을 파보니 과연 쇠를 단련하는 도구가 있었다. 왕(남해왕)은 탈해가 계림(鷄林)[5] 사람이 아니라는 것을 알고 있었지만 특별히 그 비범함을 가상히 여겨 그 집을 하사하고, 장공주(長公主)를 배필로 주었다.

용성국은 왜국(倭國, 일본) 동북 2천 리 되는 곳에 있었다.

—『삼국사절요』권2 신라 유리왕 34년 · 탈해왕 원년 주

---

5 계림(鷄林) : 신라의 별칭. 경상북도 경주시 교동에 위치한 숲으로 원래는 시림(始林)이라 불렸다. 경주 김씨의 시조 알지(閼智) 전설에, 이 숲에서 닭이 울었다 하여 '계림'이라 불린다.

善德王

殊異傳:

唐太宗以牡丹子幷畵花遺[1]之, 王見花, 笑謂左右曰:
"此花妖艶富貴, 雖號花王, 畵無蜂蝶, 必不香. 帝遺此,
豈朕以女人爲王耶? 亦有微意."
種待花發, 果不香.

—『三國史節要』卷8

---

1 《교감》'遺'가『해동잡록(海東雜錄)』에는 '遣'으로 되어 있다.

선덕왕

『수이전』:

당 태종(唐太宗)[2]이 모란 씨와 꽃 그림을 보내왔다. 선덕왕이 꽃을 보고 웃으며 좌우 신하들에게 말하였다.

"이 꽃은 요염하고 귀티가 있어 비록 꽃의 왕이라고 불리나, 그림에 벌과 나비가 없으니 반드시 향기가 없을 것이다. 황제가 이것을 보낸 것은 짐이 여자로서 왕이 된 것을 빗댄 것이 아니겠는가? 또한 미묘한 뜻이 있도다."

씨를 심어 꽃이 피기를 기다리니, 과연 향기가 없었다.[3]

—『삼국사절요』권8

2 　당 태종(唐太宗) : 당나라 제2대 황제인 이세민(李世民). 599~ 649.
3 　모란은 품종에 따라 향기가 나기도 하고 나지 않기도 한다.

善德王

眞平王時, 唐太宗以牡丹子三升, 及牡丹花圖, 遣之.

王以示德曼, 德曼笑曰:

"此花無香氣."

王曰:

"何以知之?"

曰:

"此花富貴, 雖號花王, 而無蜂蝶, 豈不以朕女人無偶
爲王耶? 必有深意."

命種於庭, 待花發, 果無香. 【殊異傳】

—『海東雜錄』[1] 卷1

---

1 『대동운부군옥』을 만든 권문해(權文海)의 아들 권별(權鼈, 1589~1671)이 찬술한『해
동잡록』은 기자조선에서 고려 말에 이르는 사적(事蹟)과 조선 초까지의 인물 열전을
집대성한 문헌이다.

진평왕(眞平王) 때에 당 태종(唐太宗)이 모란 씨 3되와 모란꽃 그림을 보내왔다.

왕이 덕만(德曼)[2]에게 보이자, 덕만이 웃으며 말하였다.

"이 꽃은 향기가 없습니다."

왕이 말하였다.

"어찌 아느냐?"

"이 꽃은 귀티가 흘러 비록 꽃의 왕이라 불리지만 벌과 나비가 오지 않으니, 제가 여자로서 배필이 없이 왕이 될 것을 빗댄 것이 아니겠습니까? 반드시 깊은 뜻이 있습니다."

명하여 뜰에 심고 꽃이 피기를 기다리니, 과연 향기가 없었다.—『수이전』

—『해동잡록』 권1

---

2 덕만(德曼) : 선덕여왕의 이름.

首插石枏

新羅崔伉字石南. 有愛妾, 父母禁之不得見. 數月伉暴死. 經八日, 夜中伉往妾家. 妾不知其死也, 顚喜仰接. 伉首插石枏枝, 分與妾曰:

"父母許與汝同居, 故來耳."

遂與妾還到其家, 伉踰垣而入. 夜將曉, 久無消息. 家人出見之, 問來由. 妾具說, 家人曰:

"伉死八日. 今日欲葬, 何說怪事."

머리에 꽂은 석남가지

신라의 최항(崔伉)은 자(字)가 석남(石南)이다. 사랑하는 첩(妾)[1]이 있었는데 부모가 반대해서 만나지 못했다. 몇 달 만에 항이 갑자기 죽었다. 8일이 지난 후 항은 밤에 첩의 집으로 갔다. 첩은 그가 죽은 줄 몰라서 매우 기쁘게 맞았다. 항은 머리에 석남(石枏)[2] 가지를 꽂고 있었는데, 첩에게 나누어 주면서 말하였다.

"부모님이 너와 사는 것을 허락하셔서 왔어."

드디어 첩과 함께 그의 집으로 돌아갔다. 항은 담을 넘어 들어간 후 날이 밝아 새벽이 되도록 소식이 없었다. 그 집 사람이 나와서 보고는 연유를 물었다. 첩이 사연을 자세히 말하자, 그 사람이 말하였다.

"항은 죽은 지 8일이 되어 오늘 장사를 지내려 하는데 어찌 괴상한 말을 하시오?"

---

1   첩(妾) : 대개 '처(妻)'에 대비되어 육례(六禮)를 갖추지 않은 부인을 일컫지만 여기서는 신분이 낮은 여자를 가리킨다.
2   석남(石枏) : 석남(石柟). 꽃이 예쁘고 잎은 약으로 사용한다. 당(唐)나라 단성식(段成式)의 『유양잡조(酉陽雜組) 속집(續集)』「지식(支植)」 상편에 "세 가지 색의 석남 꽃. 형산의 석남화는 자줏빛 · 비취빛 · 흰빛 세 색깔이며 꽃 크기는 모란과 같은데 꽃이 없는 것도 있다(三色石柟花, 衡山石柟花有紫 · 碧 · 白三色, 花大如牡丹, 亦有無花者)" 라고 하였다.

妾曰:

“良人與我分揷石枏枝, 可以此爲驗.”

於是, 開棺視之, 屍首揷石枏, 露濕衣裳, 履已穿矣.

妾知其死, 痛哭欲絶. 伉乃還蘇, 偕老二十年而終. (殊異傳)

―『大東韻府群玉』卷8[3]

<hr>

[3] 『해동잡록(海東雜錄)』에는 '최항(崔伉)'이라는 제목으로 같은 내용이 실려 있다. 『대동운분군옥』의 '新羅崔伉字'가 여기에는 '新羅人字'로, '枏'자가 '楠'으로, '間來由'가 '間其來由'로, '偕老'가 '夫婦偕老'로 되어 있을 뿐이다.

첩이 말하였다.

"양인(良人)[4]께서 저와 함께 석남가지를 나누어 꽂으셨습니다. 이것으로 증험할 수 있어요."

이에 관을 열어 보니, 시체 머리 위에 석남가지가 꽂혀있고 옷은 이슬에 젖고 신발을 신고 있었다.

첩이 그 죽음을 알고 통곡하며 죽으려 하였다. 그때 항이 다시 살아나서 20년 해로하고 마쳤다. (『수이전』)

—『대동운부군옥』 권8

4　양인(良人) : 아내가 남편을 이르는 말.

竹筒美女

　　金庾信自西州還京, 路有異客先行, 頭上有非常氣, 憩于樹下. 庾信亦憩伴寢, 客伺絶行人, 探懷間出一竹筒, 拂之, 二美女從竹筒出, 共坐語, 還入筒中, 藏懷間, 起行. 庾信追訊之, 言語溫雅. 同行入京, 庾信與客携至南山, 松下設宴, 二美女亦出參. 客曰:
"我在西海, 娶女於東海, 與妻歸寧父母."
已而風雲冥暗, 忽失不見. (殊異傳)

—『大東韻府群玉』卷9

대나무통 속의 미녀

김유신(金庾信)[1]이 서주(西州)[2]에서 경주로 돌아오고 있었다. 길에는 기이한 나그네가 앞서 가고 있었는데, 머리 위에는 범상치 않은 기운이 감돌았다. 나그네가 나무 밑에서 쉬자 유신 또한 쉬면서 자는 척하였다. 나그네는 지나가는 사람이 없나 살피더니, 품속에서 대나무 통을 꺼내 흔들었다. 두 미녀가 통에서 나오자, 함께 앉아 이야기하다가, 다시 통속으로 들어가자, [통을] 품속에 감추고, 일어나 길을 떠났다. 유신이 뒤를 따라가서 그 일에 대해 물으니, 대답이 부드러웠다. 함께 경주로 들어와, 유신은 나그네를 이끌고 남산에 이르러 소나무 아래에서 잔치를 베풀었는데, 두 미녀도 나와서 참석했다. 나그네가 말하였다.

"나는 서해(西海)에 사는데, 동해에서 아내를 얻어 아내와 함께 부모님께 문안드리러 갑니다."

얼마 지나지 않아서 바람이 일고 구름이 끼어 어두컴컴해지더니, 홀연 사라져 보이지 않았다. (『수이전』)

—『대동운부군옥』 권9

---

1   김유신(金庾信) : 595~673. 가야국의 시조 수로왕의 12대손으로, 태종 무열왕 7년(660)에 당나라의 소정방과 함께 백제를 멸망시키고, 문무왕 8년(668)에 고구려를 정벌한 후 당나라 군사를 축출하는 데 힘써 삼국 통일의 기반을 다진 신라의 명장.
2   서주(西州) : 충청남도 서천(舒川)의 옛 이름.

老翁化狗

新羅時有一老翁, 到金庾信門外. 庾信携手入家設筵,
庾信謂翁曰:
"變化若舊耶?"
翁變爲虎, 或化爲雞, 或爲鷹, 終變爲家中狗子, 而出.
(殊異傳)

—『大東韻府群玉』卷12

개로 변한 노인

신라 때에 한 노인이 김유신의 집 문 앞에 이르자, 유신이 손을 이끌어 집으로 들어와 자리를 마련하였다. 유신이 노인에게 말하였다.

"변신술이 예전과 같습니까?"

노인은 호랑이로 변하기도 하고, 닭으로 변하기도 하고, 매로 변하기도 하더니, 마지막에는 집안의 개로 변하여 나가버렸다.
(『수이전』)

—『대동운부군옥』 권12

虎願

新羅俗, 每當仲春初八至十五日, 都人士女, 競遶興輪寺塔, 爲福會.

元聖王時, 有郎金現者, 夜深獨遶不息, 有一女隨遶. 現遂通而隨去. 女曰:

"妾明日入市爲害, 卽王必募以重爵而捕我矣. 君其無怯, 追我于北林中, 吾將待之. 但爲我創資報勝, 卽郎君之惠也."

遂相泣別.

호랑이의 바람

　신라 풍속에 매년 중춘(仲春, 2월) 8일에서부터 15일에 이르기까지, 도읍의 남녀들이 흥륜사(興輪寺)의 탑을 다투어 도는 복회(福會)[1]가 있었다.

　원성왕(元聖王)[2] 때 김현(金現)이라는 낭군(郎君)[3]이 있었는데, 밤 늦도록 혼자 쉬지 않고 탑을 돌았다. 한 여자도 따라 탑을 돌고 있었는데, 현은 드디어 [그 여자와] 정을 통하고 따라 갔다. 여자가 말하기를,

　"제가 내일 성안에 들어가서 해로운 일을 하면, 왕은 반드시 높은 벼슬을 걸고 사람들을 모아서 나를 잡으려고 할 것입니다. 낭군께서는 겁내지 말고 북림(北林)[4]으로 나를 쫓아오세요. 제가 기다리고 있겠습니다. 다만 저를 위해 절을 지어서 좋은 과보(果報)를 얻게 해 주신다면, 낭군의 은혜로 알겠습니다"

하고, 서로 울면서 헤어졌다.

1　복회(福會) : 복을 빌기 위한 모임.
2　원성왕(元聖王) : 신라 제38대 왕. ?~798. 성은 김(金), 이름은 경신(敬信). 상대등(上大等)에 올랐다가 선덕왕이 후사가 없이 죽자 왕으로 추대되었다. 788년에 독서삼품과를 두어 인재를 고루 등용하는 한편, 790년에는 벽골제를 증축하여 농사에도 힘썼다. 재위 785~798.
3　낭군(郎君) : 젊은 남자의 미칭.
4　북쪽 숲[北林] : 경주의 북쪽 숲을 가리키는데, '북림'이라고 불렸을 수도 있다.

翌日果有猛虎入城中, 無敢當者. 王令曰:

"有能捕虎者, 爵二級."

現詣闕奏曰:

"小臣能之."

現持短兵, 入北林中. 虎變爲娘子笑曰:

"昨日繾綣之事, 惟君無忽."

乃取現所佩刀, 自剄而仆,[5] 乃虎也.

現旣登庸, 創寺於西川邊, 號曰虎願. (殊異傳)

—『大東韻府群玉』卷15[6]

5　《교감》 自剄而仆:『해동잡록(海東雜錄)』에는 '自剄而死'로 되어 있다.
6　『해동잡록』 권4에도 동일하게 실려 있다.

다음날 과연 사나운 호랑이가 성에 들어왔는데, 감당할 사람이 없었다. 왕이 영(令)을 내렸다.

"호랑이를 잡는 사람에게는 이급(二級)[7]의 벼슬을 주겠노라."

김현이 대궐에 나아가 아뢰기를,

"제가 할 수 있습니다"

하고, 단검을 들고 북림(北林)으로 들어갔다. 호랑이가 낭자로 변해서 웃으며 말하였다.

"어제의 곡진했던 사연을 낭군께서는 소홀히 하지 마세요."

그리고는 김현이 차고 있던 칼을 뽑아 스스로 목을 찔러 쓰러지니, 곧 호랑이였다.

김현은 벼슬길에 오른 뒤 서천(西川) 가에 절을 짓고, 이름하여 '호원사(虎願寺)'[8]라 하였다. (『수이전』)

—『대동운부군옥』 권15

---

7 이급(二級) : 신라의 관직은 17등급이 있는데, 그중 두 번째는 진골(眞骨)이 하던 이척찬(伊尺湌)이다. 이찬(伊湌)이라고도 한다.
8 호원사(虎願寺) : 경상북도 경주시 황성동에 있던 절. 호원사로 추정되는 곳에 현재 쌍탑지가 남아 있다.

二

관련 자료

術波伽

　國王有女, 名曰拘牟頭. 有捕魚師, 名述婆伽, 隨道而行, 遙見王女在高樓上. 窓中見面, 想像染著, 心不暫捨, 彌歷日月, 不能飲食.

　母問其故, 以情答母:

"我見王女, 心不能忘!"

　母諭兒言:

"汝是小人, 王女尊貴, 不可得也!"

　兒言:

"我心願樂, 不能暫忘, 若不如意, 不能活也!"

　母爲子故, 入王宮中, 常送肥魚美肉, 以遺王女而不取價.

　王女怪而問之:

"欲求何願?"

국왕에게 딸이 있는데, 이름은 구모두(拘牟頭)이다. 고기 잡는 어부 술파가(術波伽)가 길을 가다가 멀리 공주가 높은 누각 위에 있는 것을 보았다. 창문으로 얼굴이 보였는데 그 모습이 생각 속에 달라붙어 잠시도 떨칠 수 없었다. 하루가 가고 달이 가도록 음식을 먹지 못하였다. 모친이 그 까닭을 묻자, 사정을 모친에게 말하였다.

"공주를 보고나서는 잊을 수가 없어요."

모친은 아이를 달래었다.

"너는 소인이고 공주는 존귀하니 얻을 수 없단다."

아이가 말하였다.

"내 마음은 즐거움을 원하여 잠시도 잊을 수 없으니 뜻대로 되지 않으면 살 수 없어요."

모친은 자식을 위해 왕궁으로 들어가 살진 물고기와 맛있는 고기를 공주에게 보내고는 값을 받지 않았다. 공주가 괴이해서 이유를 물었다.

"무슨 소원을 구하고자 하는가?"

母白王女：

"願却左右, 當以情告. 我唯有一子, 敬慕王女, 情結成病, 命不云遠. 願垂愍念, 賜其生命!"

王女言：

"汝去! 月十五日, 於某甲天祠中, 住天像後."

母還語子：

"汝願已得."

告之如上. 沐浴新衣, 在天像後住.

王女至時, 白其父王：

"我有不吉, 須至天祠以求吉福."

王言：

"大善!"

卽嚴車五百乘, 出至天祠. 既到, 勅諸從者齊門而止, 獨入天祠.

天神思惟：

'此不應爾! 王為世主, 不可令此小人毀辱王女!'

卽厭此人, 令睡不覺.

王女既入, 見其睡重, 推之不悟, 卽以瓔珞直十萬兩金, 遺之而去.

모친은 공주에게 아뢰었다.

"좌우 신하를 물리쳐 주시면 사정을 고하겠습니다. 제게 단지 자식 하나가 있는데 공주님을 경모한 나머지 정이 맺혀 병이 되었고 목숨이 얼마 남지 않았다고 합니다. 불쌍히 여기시어 생명을 하사해 주시기 바랍니다."

공주가 말하였다.

"가시오. 15일에 어느 천사(天祠)의 천상(天像) 뒤에 있게 하시오."

모친은 돌아와 아들에게 말하였다.

"네 소원을 이미 얻었다."

그리고는 위의 일들을 말하고서, 목욕하고 새 옷 입고서 천상 뒤에 있게 했다.

공주는 때가 되자 부왕에게 아뢰었다.

"제게 불길한 일이 있어 천사에 가서 길복을 구해야겠습니다."

왕이 말하였다.

"매우 좋구나."

즉시 수레 5백 대를 명하여 천사로 나갔다. 도착해서는 따르는 이들을 모두 문에 있게 하고 홀로 천사로 들어갔다.

천신(天神)이 생각하길, '이것은 응당 안 될 일이야. 왕은 세상 주인이니, 이런 소인이 공주를 욕되게 할 수는 없지' 하고는 즉시 이 사람을 제압하여 잠들어 깨지 못하게 하였다.

공주가 들어갔는데 잠이 깊이 든 것을 보고는 흔들었으나 깨지 않자 10만 냥 값어치의 영락(瓔珞, 구슬목걸이)을 놓아두고 갔다.

去後, 此人得覺, 見有瓔珞, 又問衆人, 知王女來, 情願
不遂, 憂恨懊惱, 婬火內發, 自燒而死. 以是證故, 知女人
之心, 不擇貴賤, 唯欲是從.

—『大智度論』[1] 卷14[2]

---

1 인도의 용수(龍樹, Ⓢ Nagarjuna)가 저술한『대품반야경(大品般若經)』의 주석서. 현재 구마라습(鳩摩羅什, Ⓢ Kumārajīva)의 현역본만이 전한다.
2 『고려대장경』14(동국대학교, 1960). 『법원주림(法苑珠林)』 권21과『제경요집(諸經要集)』 권7에도 실려 있다.

이후 이 사람이 깨어나서는 영락이 있음을 보고 또 사람들에게 물어, 공주가 왔었다는 것을 알았다. 그렇게 소원을 이루지 못한 것 때문에 근심과 한으로 괴로워 음화(婬火)가 안에서 발현되어 스스로를 태워 죽었다. 이 일을 증거로 하여, 여인의 마음은 귀천을 가리지 않고 오직 욕망을 따른다는 것을 알겠다.

—『대지도론』 권14

阿道傳

釋阿道, 或云本天竺人, 或云從吳來, 或云自高句麗入魏, 後歸新羅, 未知孰是.

風儀特異, 神變尤奇, 恒以行化爲任. 每當開講, 天雨妙花.

始新羅訥祗王時有黑胡子者, 從高句麗, 至一善郡, 宣化有緣. 郡人毛禮, 家中作窟室安置. 於是梁遣使賜衣著香物, 君臣不[1]香名及與所用, 乃遣中使賫香, 遍問中外.

---

1 《교감》〈淺見倫太郎本〉 등에는 '不知'로 되어 있다.

승려 아도(阿道)는 본래 천축(天竺)[2] 사람이라고도 하고, 혹은 오(吳)나라에서 왔다고도 하며, 혹은 고구려에서 위(魏)나라로 들어갔다가 뒤에 신라로 돌아왔다고도 하는데, 어느 것이 옳은지 알 수 없다.

그는 풍채가 특이했으며, 신이한 변화는 더욱 기이했고, 항상 교화를 행하는 것을 임무로 삼았다. 경전을 강의하기 시작하면 언제나 하늘에서 신묘한 꽃들이 비 오듯 했다.

처음 신라 눌지왕(訥祗王)[3] 때에 흑호자(黑胡子)라는 사람이 고구려에서 일선군(一善郡)[4]에 이르렀으니, 교화를 펼 인연이 있었던 것이다. 고을 사람 모례(毛禮)가 집 안에 움집을 만들어 편안히 있게 했다. 이때에 양(梁)[5]나라에서 사신을 통해 의복과 향을 보냈는데, 왕과 신하들이 향의 명칭과 용도를 알지 못했다. 이에 중사(中使)[6]

---

2 천축(天竺) : 인도. 아리아족이 파밀고원을 넘어 인더스평원에 들어서서 평원과 강물을 보고 경탄하는 소리 '신두(Shindhu)'라고 한 것이 이 지역 이름이 되고, 이것이 중국에서 신두(辛頭), 천두(天豆) 등으로 번역하다가 한나라 때부터 천축이라고 했다.

3 눌지왕(訥祗王) : 신라 제19대 왕. ?~458. 고구려에 볼모로 갔다가 돌아와 실성왕(實聖王)을 죽이고 왕위에 올랐다. 백제와 공수 동맹(攻守同盟)을 맺어 고구려를 견제하였으며, 왕위의 부자 상속제를 확립하였다.

4 일선군(一善郡) : 선산군(善山郡)의 신라 때 이름. 지금의 경상북도 구미시 일대이다.

5 양(梁) : 502년에 남제(南齊)의 소연(蕭衍)이 건강(建康)을 도읍지로 하여 세운 나라. 불교가 번성하고 육조 문화가 전성기를 이루었으나 후경(侯景)의 난이 일어나 557년에 진(陳)나라에 멸망하였다.

6 중사(中使) : 사인(舍人). 임금이 직접 부리는 사신.

를 보내 향을 들고 안팎으로 두루 다니면서 묻게 했다.

胡子見之, 稱其名目曰:

"焚此, 則香氣芬馥, 所以達誠於神聖矣, 所謂神聖不過三寶, 一曰佛陀, 二曰達摩, 三曰僧伽. 若燒此發願, 必有靈應."

時王女病革, 王使胡子焚香表誓, 厥疾尋愈. 王甚喜, 醜[7]贈尤厚. 胡子出見毛禮, 以所得物贈之, 報其德焉. 因語曰:

"吾有所歸, 請辭."

俄而不知所去.

及毗處王時, 有阿道和尙, 與侍者三人, 亦來止毛禮家, 儀表似胡子, 住數年, 無疾而化, 其侍者三人留住, 讀誦經律, 往往有信受奉行者焉.

7　《교감》『대정신수대장경(大正新脩大藏經)』에 실린 『해동고승전』에는 '醜', 최남선 소장본과 이능화 소장본에는 '饋'로 되어 있다.

흑호자가 보고는 그 명칭을 일러주며 말하였다.

"이것을 태우면 향기가 피어나니, 정성을 신성(神聖)에 도달하게 하는 것입니다. 이른바 신성이라는 것은 삼보(三寶)를 말하는데, '불타(佛陀)'[8]와 '달마(達摩)'[9]와 '승가(僧伽)'[10]가 그것입니다. 이것을 사르며 소원을 빌면 반드시 영험한 응답이 있습니다."

당시에 공주의 병이 깊어서, 왕이 흑호자로 하여금 향을 살라 축원하게 하니, 그 병이 곧 나았다. 왕이 매우 기뻐 사례를 더욱 후하게 하였다. 흑호자는 나와서 모례를 보고, 그 얻은 물품을 주어, 모례의 덕에 보답하면서 말하였다.

"저는 가야 할 곳이 있어 떠나겠습니다."

그리고는 순식간에 사라졌다.

비처왕(毗處王)[11] 때에 아도 화상(和尙)[12]이 시자(侍者)[13] 세 사람과 함께 역시 모례의 집에 와서 머물렀는데, 거동과 모습이 흑호자와 흡사했다. 수년 동안 머무르다가 아무런 병도 없이 죽었다. 그의 시자 세 사람이 계속 머물며 경률(經律)[14]을 독송(讀誦)하니, 이따금 가르침을 받아 믿고 받들어 행하는 자가 있었다.

8　불타(佛陀) : ⓢ Buddha. 각자(覺者). 불(佛).
9　달마(達摩) : ⓢ dharma. 법(法)이라 번역. 부처님이 가르친 진리.
10　승가(僧伽) : ⓢ samgha. 부처의 가르침을 믿고 불도를 실천하는 사람들의 집단. 세 사람 이상의 화합된 무리라는 뜻으로, '중(衆)'이라고 번역하기도 한다.
11　비처왕(毗處王) : 신라 제21대 왕. 재위 479~500.
12　화상(和尙) : '중'을 높여 이르는 말.
13　시자(侍者) : 귀한 사람 곁에서 모시고 시중드는 사람.
14　경률(經律) : 부처님의 말씀을 담은 경장(經藏)과 계율을 담은 율장(律藏).

然按古記:

梁大通元年三月十一日, 阿道來止一善郡, 天地震動, 師左執金環錫杖, 右擎玉鉢應器, 身著霞衲, 口誦花診,[15] 初到信士毛禮家, 禮出見驚愕, 而言曰:

"曩者高麗僧正方來入我國, 君臣怪而[16]不祥, 議而殺之, 又有滅垢玭, 從彼復來, 殺戮如前, 汝尚何求而邪?[17] 宜速入門, 莫令隣人得見."

引置密室, 修供不怠.

適有吳使以五香, 獻原宗王, 王不知所用, 詢[18]國中. 使者至問法師, 師曰:

"以火燒而供佛也."

그러나 『고기(古記)』를 살펴보면 다음과 같다.

양나라 대통(大通)[19] 원년(527) 3월 11일에 아도가 일선군(一善郡)에 이르자, 천지가 진동하였다. 법사가 왼손에 금고리를 단 석장(錫杖)[20]을 집고 오른손에 옥(玉)으로 된 바리때를 들고, 몸에는 누더기 납의(衲衣, 승복)를 입고, 입으로는 화전(花詮)[21]을 외우며 처음에 신사(信士) 모례의 집에 찾아가니, 모례가 나와 보고는 깜짝 놀라며 말하였다.

"지난번 고구려 승려 정방(正方)이 우리나라에 들어오자, 왕과 신하들이 괴이하고 상서롭지 않게 여겨 의논하여 죽였습니다. 또 멸구자(滅垢玼)라는 사람이 그를 좇아 다시 오자, 먼저와 같이 죽여 버렸습니다. 그런데도 당신은 아직도 무엇을 구하고자 하십니까? 이웃사람들이 보지 못하게 빨리 들어오십시오"
하고는 밀실로 인도하여 받들기를 게을리 하지 않았다.

마침 오나라 사신이 다섯 가지 향을 원종왕(原宗王, 법흥왕)에게 바쳤다. 왕은 용도를 몰라 나라 전체에 물었다. 사자(使者)가 법사에게 와서 묻자, 법사가 말하였다.

"불로 태워서 부처께 공양하는 것입니다."

---

19 대통(大通) : 양 무제(梁武帝)의 연호. 527~529.
20 석장(錫杖) : 중이 짚고 다니는 지팡이. 밑 부분은 상아나 뿔로, 가운데 부분은 나무로 만들며, 윗부분은 주석으로 만든다. 탑 모양인 윗부분에 큰 고리가 있는데 그 고리에 작은 고리를 여러 개 달아 소리가 나게 되어 있다.
21 화전(花詮) : 불경. 석가모니 부처께서 영취산에서 설법할 때 하늘이 꽃비를 내려 축복한 바 있다.

其使[22]偕至京師, 王令法師見使, 使禮拜曰:
"此邊國, 高僧何不遠而至此?"
王因知佛僧可敬, 勑許班行.

又按高得相詩史曰:
"梁氏遣使曰元表, 送沈檀及經像, 不知所爲, 咨四野,
阿道逢時指法."
相註云:
"阿道再遭斬害, 神道不死, 隱毛禮家, 則梁吳之使, 莫
辨其詳, 又阿道之跡, 多同黑胡子, 何哉? 然自永平至大
通丁未, 凡四百十餘年, 高句麗興法已百五[23]餘年, 百濟
已行一百四十餘年矣."

―『海東高僧傳』卷1

---

22 《교감》〈淺見倫太郎本〉과 〈大正新脩大藏經本〉에는 '後'로 되어 있다.
23 《교감》'百五'는 '百五十'의 오류.

그 사자가 법사와 함께 서울에 이르자 왕이 법사에게 명하여 오나라 사신을 만나게 했다. 사신이 예의를 갖추어 절을 하며 말하였다.

"여기는 주변국입니다. 고승께서 어찌하여 멀다하지 않고 여기에 이르셨습니까?"

이리하여 왕은 불승이 공경할 만하다는 것을 알고, 반행(班行)[24]을 칙령으로 허락하여 널리 행하게 했다.

또한 고득상(高得相)[25]의 시사(詩史)를 살펴보니, "양씨(梁氏)가 원표(元表)라는 사신을 보내 침단(沈檀)[26]과 경전(經典)과 불상(佛像)을 보냈는데, 용도를 몰라 두루 물었다. 아도가 그때 방법을 일러주었다"라고 했는데, 고득상이 주석하기를 "아도가 재차 참해(斬害)를 당했으나 신통하여 죽지 않고 모례의 집에 숨었으니, 양나라의 사신인지 오나라의 사신인지 그 상세함은 판별하지 못하겠다. 또한 아도의 행적이 흑호자와 같은 점이 많은 것은 무슨 까닭인가? 그러나 영평(永平)[27]으로부터 대통(大通) 정미년(527)에 이르기까지 무릇 410여 년이니 고구려가 불법을 일으킨 지 이미 150여 년이요, 백제는 이미 140여 년이 되었다"라고 했다.

—『해동고승전』 권1

---

24 반행(班行) : 조정 관료의 행렬. 위차(位次). 사회적 지위를 부여했다는 의미인 듯하다.
25 고득상(高得相) : 고려시대 사람.『해동삼국통력(海東三國通歷)』12권을 찬술했다고, 송나라 왕응린(王應麟)이 편찬한 유서(類書)『옥해(玉海)』권 16에 기록되어 있다.
26 침단(沈檀) : 침목(沈木)과 단목(檀木). 모두 향나무 이름이다.
27 영평(永平) : 후한(後漢) 명제(明帝) 때 연호. 58~75.

阿道基羅【一作我道, 又阿頭】

新羅本記第四云:

第十九訥祇王時, 沙門墨胡子, 自高麗至一善郡, 郡人毛禮【或作毛祿】於家中作堀室安置. 時梁遣使賜衣著香物【高得相詠史詩云: 梁遣使僧曰元表, 宣送溟檀及經像】, 君臣不知其香名與其所用. 遣人齎香, 遍問國中. 墨胡子見之曰:

아도가 신라 불교의 기틀을 닦다
— 아도(我道) 또는 아두(阿頭)라고 한다

「신라본기(新羅本記)」[1] 제4권에 다음과 같이 전한다.

19대 눌지왕(訥祗王) 때 사문(沙門) 묵호자(墨胡子)가 고구려에서 (신라의) 일선군(一善郡)에 이르니, 그 고을 사람 모례(毛禮) — 모록(毛祿)이라고도 한다 — 가 집 안에 움집을 만들어 편안히 있게 했다. 이때 양(梁)나라에서 사신을 보내어 의복과 향(香) — 고득상(高得相)의 영사시(詠史詩)에는, 양나라에서 승(僧) 원표(元表)를 사신으로 보내 명단(溟檀)[2]과 불상을 보내왔다고 했다 — 을 보내왔는데, 임금과 신하들이 그 향의 이름과 용도를 알지 못해서, 사람을 시켜 향을 가지고 두루 나라 안을 돌아다니면서 묻게 했다. 묵호자가 보고 말하였다.

---

1   「신라본기(新羅本記)」: 『삼국사기(三國史記)』에 있는 편명(篇名).
2   명단(溟檀) : 향의 일종.

"此之謂香也, 焚之則香氣芬馥, 所以達誠於神聖, 神聖未有過於三寶. 若燒此發願, 則必有靈應"【訥祇在晉宋之世, 而云梁遣使, 恐誤】

時王女病革, 使召墨胡子, 焚香表誓, 王女之病尋愈. 王喜, 厚加賚貺, 俄而不知所歸.

又至二十一毗處王時, 有我道和尙, 與侍者三人, 亦來毛禮家, 儀表似墨胡子. 住數年, 無疾而終. 其侍者三人留住, 講讀經律, 往往有信奉者【有注云: 與本碑及諸傳記殊異. 又高僧傳云西竺人, 或云從吳來】.

"이것은 향이라고 합니다. '이것을 사르면 향기가 피어나니, 정성을 신성(神聖)에 도달하게 하는 것입니다. 신성은 삼보(三寶)[3]보다 더 한 것이 없으니, 이것을 태우면서 소원을 빌면 반드시 영험한 응답을 볼 것입니다." — 눌지왕(訥祗王)은 진(晉)[4]·송(宋)[5] 때 사람인데, 양나라에서 사신을 보냈다고 한 것은 잘못인 것 같다.

이때 공주의 병이 깊어서 묵호자를 불러 향을 살라 축원하게 하니 공주의 병이 이내 나았다. 왕은 기뻐하여 예물을 후히 주었는데, 잠시 후 사라져 버렸다.

또 21대 비처왕(毗處王) 때에 이르러 아도화상(我道和尙)이 시자(侍者) 세 사람과 함께 역시 모례의 집에 왔는데, 거동과 모습이 묵호자와 비슷했다. 수년 동안 머무르다가 아무런 병도 없이 죽었다. 그의 시자 셋이 계속 머물면서 경율(經律)을 강독하니 이따금 신봉하는 사람이 생겨났다. — 주(注)에 말하기를, "본비(本碑)와 여러 전기(傳記)는 이 내용과 매우 다르다"라고 했다. 또 『고승전(高僧傳)』에는 서축(西쪽, 인도)사람이라 했고, 혹은 오(吳) 지역에서 왔다고 했다.

3　삼보(三寶) : 보통은 불보(佛寶), 법보(法寶), 승보(僧寶) 즉 불법승(佛法僧)을 가리킨다. 그러나 『해동고승전』〈아도전〉에서는 "所謂神聖不過三寶, 一曰佛陀, 二曰達摩, 三曰僧伽"라고 했다.

4　진(晉) : 위진남북조(魏晉南北朝)시대의 왕조. 서진(西晉, 265~316)과 동진(東晉, 317~419)으로 구분되며, 그 제실(帝室)은 사마씨(司馬氏)이다.

5　송(宋) : 남조(南朝) 최초의 왕조. 420~479. 동진(東晉) 말기의 권신(權臣)이자 무장(武將)인 유유(劉裕, 武帝)가 진(晉)의 공제(恭帝)로부터 선양(禪讓)을 받아 세운 나라이다. 조송(趙宋)과 구별하기 위하여 유송(劉宋)이라고도 부른다.

按我道本碑云：

我道高麗人也. 母高道寧, 正始間, 曹魏人我[姓我也]崛摩奉使句麗, 私之而還, 因而有娠. 師生五歲, 其母令出家, 年十六歸魏, 省覲崛摩, 投玄彰和尚講下就業. 年十九, 又歸寧於母. 母謂曰：

<아도본비(我道本碑)>를 살펴보면 다음과 같다.

아도(我道)는 고구려 사람이고, 어머니는 고도령(高道寧)이다. 정시(正始)[6] 연간에 조위(曹魏)[7] 사람인 아(我) —아는 성(姓)이다— 굴마(崛摩)가 사신으로 고구려에 왔다가 고도령과 사통(私通)하고 돌아갔는데, 이로 인하여 임신하게 되었다.

법사가 태어나 다섯 살이 되자 어머니는 그를 출가(出家)시켰다. 16세에 위(魏)[8]나라에 가서 굴마를 뵙고, 현창화상(玄彰和尙)이 강독하는 자리에 나아가 불법을 배웠다. 19세에 돌아와 어머니를 뵈니 어머니가 말하였다.

---

6 정시(正始) : 조위(曹魏) 제왕(齊王)의 연호. 240~248.
7 조위(曹魏) : 조조(曹操)의 아들 조비(曹丕, 187~226)가 세운 나라.
8 위(魏) : 조위(曹魏)를 말한다.

“此國于今不知佛法. 爾後三千餘月, 鷄林有聖王出, 大興佛敎. 其京都內有七處伽藍之墟. 一曰：金橋東天鏡林【今興輪寺. 金橋謂西川之橋, 俗訛呼云松橋也. 寺自我道始基, 而中廢, 至法興王丁未草創, 乙卯大開, 眞興王畢成】, 二曰：三川岐【今永興寺. 與興輪開同代】, 三曰：龍宮南【今皇龍寺. 眞興王癸酉始開】, 四曰：龍宮北【今芬皇寺. 善德甲午始開】, 五曰：沙川尾【今靈妙寺. 善德王乙未始開】, 六曰：神遊林【今天王寺, 文武王己卯開】, 七曰：婿請田【今曇嚴寺】, 皆前佛時伽藍之墟, 法水長流之地. 爾歸彼而播揚大敎, 當東嚮於釋祀矣.”

"이 나라는 지금까지도 불법을 알지 못한다. 앞으로 3천여 달이 지난 후에는 계림(鷄林)에서 성왕(聖王)이 나와 불교를 크게 일으킬 것이다. 그 나라 수도 안에 일곱 곳의 가람(伽藍, 절) 터가 있으니, 하나는 금교(金橋) 동쪽의 천경림(天鏡林) ― 지금의 흥륜사(興輪寺)이다. 금교(金橋)는 서천(西川)의 다리인데 와전되어 속칭 '송교(松橋)'라 한다. 절은 아도 화상이 처음 절터를 잡았는데 중간에 폐지되었다가, 법흥왕(法興王) 정미년(516)에 이르러 공사를 시작하여 을묘년에 크게 공사를 일으키고, 진흥왕(眞興王) 때에 완성되었다 ― 이요, 둘은 삼천기(三川岐) ― 지금의 영흥사(永興寺)로, 흥륜사와 같은 때에 공사를 했다 ― 요, 셋은 용궁남(龍宮南) ― 지금의 황룡사(皇龍寺)이다. 진흥왕 계유년(553)에 공사가 시작되었다 ― 이요, 넷은 용궁북(龍宮北) ― 지금의 분황사(芬皇寺)이나. 선덕왕(善德王) 갑오년(634)에 공사가 시작되었다 ― 이요, 다섯은 사천미(沙川尾) ― 지금의 영묘사(靈妙寺)다. 선덕왕 을미년(635)에 공사가 시작되었다 ― 이요, 여섯은 신유림(神遊林)[9] ― 지금의 천왕사(天王寺)이다. 문무왕(文武王)[10] 기묘년(679)에 공사가 시작되었다 ― 이요, 일곱은 서청전(壻請田) ― 지금의 담엄사(曇嚴寺)이다 ― 이다. 모두 전불(前佛)[11] 때의 가람 터이니 불법의 물이 길이 흐를 곳이다. 네가 그곳에 가서 큰 가르침을 전파한다면 응당 동쪽에서 불교의식이 베풀어질 것이다."

---

9   신유림(神遊林) : 경주시에 있는 작은 낭산(狼山)의 남쪽 기슭에 있다. 그곳에 선덕왕릉이 있고 왕릉 밑에 사천왕사 터가 있다.

10   문무왕(文武王) : 신라 제30대 왕. 재위 661~681.

11   전불(前佛) : 석가모니 이전에 이 세상에 나와서 성불하고 돌아간 부처를 말한다.

道稟敎至鷄林, 寓止王城西里. 今嚴莊寺, 于時未雛王
卽位二年癸未也. 詣闕請行敎法, 世以前所未見爲嫌, 至
有將殺之者. 乃逃隱于續林【今一善縣】毛祿家【祿與禮形近之訛.
古記云: 法師初來毛祿家, 時天地震驚. 時人不知僧名, 而云阿頭彡摩. 彡摩
者乃鄕言之稱僧也, 猶言沙彌也】

三年時, 成國公主疾, 巫醫不效, 勅使四方求醫. 師率
然赴闕, 其疾遂理. 王大悅, 問其所須. 對曰:

"貧道百無所求, 但願創佛寺於天鏡林, 大興佛敎, 奉
福邦家爾."

아도는 이 가르침을 받들어 계림으로 가서 왕성(王城) 서쪽 마을에 머물렀으니 지금의 엄장사(嚴莊寺)이며, 때는 미추왕(未雛王)이 즉위한 2년 계미년(262)이었다. 대궐에 나아가 불법 행하기를 청하니, 당시 보지 못하던 것이어서 이를 꺼려, 죽이려는 자까지 있었다. 그래서 도피하여 속림(續林) —지금의 일선현(一善縣)이다— 모록(毛祿)의 집 —록(祿)은 례(禮)와 글자 형태가 비슷한 데서 생긴 잘못이다. 『고기(古記)』에 전하기를, 법사가 처음 모록의 집에 오니 그때 천지가 진동했다. 당시 사람들은 승(僧)이라는 명칭을 알지 못했기 때문에 그를 아두삼마(阿頭彡摩)라고 불렀다. 삼마(彡摩)라는 것은 우리말로 중을 이르는 것이니 사미(沙彌)란 말과 같다— 으로 가서 숨었다.

미추왕 3년에 성국공주(成國公主)가 병들었는데, 무의(巫醫)[12]가 고치지 못해서 사방으로 칙사를 보내어 의원을 구했다. 법사가 급히 대궐로 들어가 드디어 그 병을 다스리니, 왕이 크게 기뻐하여 그의 소원을 물었다. 법사가 대답하였다.

"빈도(貧道)[13]에게는 구할 것이 없습니다. 다만 천경림(天鏡林)에 절을 세워서 크게 불교를 일으켜 나라를 복되게 하는 것을 바랄 뿐입니다."

---

12 무의(巫醫) : 상고시대의 의료 담당자. 일반적으로 무당이 이를 겸하였으므로 일컫는 말이다. 그래서 의(醫)는 의(毉)로도 통용되었다.
13 빈도(貧道) : 핍도(乏道). 도를 닦는 것이 아직 모자란다는 뜻으로 스님들이 자신을 겸손히 일컬을 때 사용하는 칭호이다.

王許之, 命興工. 俗方質儉, 編茅葺屋, 住而講演, 時或
天花落地. 號興輪寺. 毛祿之妹名史氏, 投師爲尼, 亦於
三川岐創寺而居, 名永興寺.

未幾, 未雛王卽世, 國人將害之. 師還毛祿家, 自作塚,
閉戶自絶, 遂不復現. 因此大敎亦廢.

至二十三法興大王, 以蕭梁天監十三年甲午登位, 乃
興釋氏, 距未雛王癸未之歲二百五十二年. 道寧所言三
千餘月驗矣.

왕은 이를 허락하여 공사를 일으키도록 명령했다. 풍속이 질박하고 검소하여 띠를 엮어 집을 짓고 살면서 강연했는데, 이때 천화(天花)[14]가 땅에 떨어지곤 했다. 그 절을 흥륜사(興輪寺)라고 했다. 모록(毛祿)의 누이동생 이름은 사씨(史氏)인데 법사에게 의탁하여 중이 되고 또한 삼천기에 절을 세우고 살며 이름을 영흥사(永興寺)라 했다. 얼마 후에 미추왕이 세상을 떠나자 나라사람들이 해치려 했다. 법사는 모록의 집으로 돌아가 스스로 무덤을 만들고 그 속에서 문을 닫고 자절(自絶)[15]하여 다시는 나타나지 않았다. 이로 말미암아 불교 또한 폐해졌다.

23대 법흥대왕(法興大王)이 소량(蕭梁)[16] 천감(天監)[17] 13년 갑오년(514)에 왕위에 올라 불교를 일으키니 미추왕 계미년(263)으로부터 252년 뒤였다. 고도령이 말한 3천여 달이 맞았다 할 것이다.

---

14 천화(天花) : 천화(天華). 하늘에서 내리는 꽃.
15 자절(自絶) : 세상과의 모든 인연을 끊어 버리고 칩거하여 스스로 격리됨. 자결로 볼 수도 있다.
16 소량(蕭梁) : 남조(南朝)의 양(梁)나라. 그 왕조를 일으킨 사람이 소연(蕭衍)이기 때문에 이렇게 일컫는다. 소연(蕭衍)은 곧 양 무제(梁武帝)이다.
17 천감(天監) : 양 무제(梁武帝)의 연호. 502~519.

據此本記與本碑, 二說相戾, 不同如此. 嘗試論之.

梁唐二僧傳及三國本史, 皆載麗濟二國佛敎之始, 在
晉末大元之間, 則二道法師, 以小獸林甲戌, 到高麗, 明
矣. 此傳不誤.

若以毗處王時方始到羅, 則是阿道留高麗百餘歲乃來
也. 雖大聖行止出沒不常, 未必皆爾. 抑亦新羅奉佛, 非
晚甚如此. 又若在未雛之世, 則却超先於到麗甲戌, 百餘
年矣. 于時鷄林未有文物禮敎, 國號猶未定, 何暇阿道來
請奉佛之事.

又不合高麗未到而越至于羅也. 設使暫興還廢, 何其
間寂寥無聞, 而尙不識香名哉? 一何大後, 一何大先?

이 〈본기(本記)〉와 〈본비(本碑)〉를 살펴보면, 두 가지 설이 서로 어긋나서 이처럼 같지 않다. 그것을 논하자면 다음과 같다.

양(梁)과 당(唐)의 두 승전(僧傳)과 삼국본사(三國本史)에는 모두 고구려와 백제 두 나라에서 불교가 시작된 것이 진(晉)나라 말년인 태원(太元)[18] 연간이라 했으니, 순도(順道)와 아도 법사가 소수림왕(小獸林王)[19] 갑술년(374)에 고구려에 온 것은 분명하므로 이 전기(傳記)는 잘못되지 않았다.

만일 비처왕(毗處王) 때 처음 신라에 왔다면, 이것은 곧 아도가 고구려에서 백여 년이나 머물러 있다가 온 것이 되니, 비록 대성(大聖)의 행동거시가 보통사람과 다르다고는 히니 그렇지는 않았을 것이다. 또한 신라가 불교를 받든 것이 이처럼 늦지 않았다. 또 만일 미추왕 때에 있었다고 하면 이것은 고구려에 온 갑술년(374)보다 백여 년이나 앞선다. 이때는 계림에 아직 문물(文物)이나 예교(禮敎)가 없었고, 나라 이름조차도 아직 정하지 않았는데, 어느 겨를에 아도가 와서 부처 받드는 일을 청했겠는가?

또 고구려에도 들르지 않고 건너뛰어 신라로 왔다는 말은 맞지 않다. 설사 잠시 일어났다가 다시 폐해졌다고 하더라도 어찌 그 중간에 적막하게 아무 소문도 없었으며, 향의 이름조차 알지 못했을까? 연대가 하나는 어찌 그리 뒤졌으며, 하나는 어찌 그리 앞섰는가?

18 태원(太元) : 동진(東晉) 효무제(孝武帝)의 연호. 376~396.
19 소수림왕(小獸林王) : 고구려 제17대 왕. 재위 371~384.

揆夫東漸之勢, 必始于麗濟而終乎羅. 則訥祗旣與獸林世相接也, 阿道之辭麗抵羅, 宜在訥祗之世. 又王女救病, 皆傳爲阿道之事, 則所謂墨胡者非眞名也, 乃指目之辭. 如梁人指達摩, 爲碧眼胡, 晉調釋道安, 爲柒道人類也. 乃阿道危行避諱, 而不言名姓故也. 蓋國人隨其所聞, 以墨胡·阿道二名, 分作二人爲傳爾. 況云阿道儀表似墨胡, 則以此可驗其一人也.

道寧之序七處, 直以創開先後預言之, 兩傳失之, 故今以沙川尾躋於五次. 三千餘月, 未必盡信書. 自訥祗之世, 抵乎丁未, 无慮一百餘年, 若曰一千餘月, 則殆幾矣. 姓我單名, 疑贗難詳.

불교가 동방으로 점점 번지던 형세를 헤아려보면, 필경 고구려와 백제에서 시작하여 신라에서 그쳤을 것이다. 눌지왕과 소수림왕의 시대가 서로 접하였으니, 아도가 고구려를 떠나 신라로 온 것은 마땅히 눌지왕 시대였을 것이다. 또 공주의 병을 고친 것도 모두 아도가 한 일이라고 전하니 소위 묵호(墨胡)라는 이름도 참 이름이 아니요, 그저 그를 지목해서 부른 말일 것이다. 이것은 양나라 사람이 달마(達摩)를 가리켜 벽안호(碧眼胡)라 하고, 진(晉)나라에서 승려 도안(道安)[20]을 조롱하여 칠도인(柒道人)이라고 한 것과 같은 것이니, 아도가 위험한 일로 꺼리고 피하느라 자기 성명을 말하지 않았기 때문이다. 대개 사람들이 들은 바에 따라서 묵호(墨胡)니 아도니 하는 두 가지 이름으로 두 사람을 따로 나누어서 전했을 따름이다. 더구나 아도는 거동과 모습이 묵호와 같다고 하니, 이것으로도 한 사람임을 알 수 있다.

고도령이 일곱 곳을 차례로 말한 것은 바로 절을 세운 선후를 가지고 예언한 것이다. 그러나 두 전기에 그것을 싣지 않았기 때문에 지금 여기에서는 사천미(沙川尾)를 다섯 번째에 넣었다. 3천여 달이란 것도 반드시 믿을 만한 기록은 못된다. 눌지왕 때부터 정미년(517)까지는 무려 백여 년이나 되니, 만일 천여 달이라면 거의 비슷하다고 하겠다. 성(姓)을 '아(我)'라 하고 외자 이름을 한 것은 의심스러우나 자세히 알 수는 없다.

20　도안(道安) : 312~385, 전진(前秦) 때의 고승(高僧). 부류(扶柳) 사람. 초기 중국 불교의
기초를 닦은 대표적 학승(學僧)이다. (중국 초기의 불교는 주로 인도와 서역에서 온 승려
에 의하여 개척되었으나 도안(道安) 때부터 중국인에 의하여 중국 불교가 일어났다.)

又按元魏釋曇始[一云惠始]傳云：

始關中人, 自出家已後, 多有異迹. 晉孝武大元年末, 齎經律數十部, 往遼東宣化. 現授三乘, 立以歸戒, 蓋高麗聞道之始也.

義熙初復還關中, 開導三輔. 始足白於面, 雖涉泥水, 未嘗沾濕, 天下咸稱白足和尚云.

또 원위(元魏)[21]의 중 담시(曇始) ―혹은 혜시(惠始)라 한다― 의 전기를 살펴보면 다음과 같다.

담시는 관중(關中)[22] 사람이다. 출가한 뒤에 신이한 행적이 많았다. 진(晉)의 효무제(孝武帝) 태원(太元) 말에 경율(經律) 수십 부를 가지고 요동(遼東)[23]으로 가서 불교를 퍼뜨렸다. 여기에서 삼승(三乘)[24]을 가르쳐 바로 불계(佛戒)에 귀의하게 했으니, 이것이 고구려가 불교를 접한 시초였다.

의희(義熙)[25] 초년(405)에 다시 관중으로 돌아와 삼보(三輔)[26]에서 불교를 전파하기 시작했다. 담시는 발이 얼굴보다 희었고, 진흙탕을 건너도 더러워지거나 섲는 일이 없었으므로 세상 사람들이 모두 백족화상(白足和尙)이라고 불렀다 한다.

---

21 원위(元魏) : 북조(北朝)의 북위(北魏) 또는 후위(後魏). 북위는 원래 탁발씨(拓跋氏)인데 효문제(孝文帝) 때에 성을 원(元)으로 고쳤기 때문에 원위(元魏)라 일컬어졌다.

22 관중(關中) : 감숙성(甘肅省)과 섬서성(陝西省)의 경계지점으로 산맥과 산맥 사이에 쌓여 있다. 동으로 함곡관(函谷關)이 있으므로 '함곡관의 안'이란 뜻으로 생긴 이름이라 하기도 하고, 북쪽은 소관(蕭關), 남쪽은 무관(武關), 서쪽은 산관(散關), 동쪽은 함곡(函谷)이므로 여러 관의 안이라는 뜻으로 생겼다고도 한다.

23 요동(遼東) : 요녕성(遼寧省) 남부, 황해와 발해(渤海)를 가르는 반도.

24 삼승(三乘) : 성문(聲聞)·연각(緣覺)·보살(菩薩)에 대한 세 가지 교법(敎法). 승(乘)은 물건을 실어 옮기는 것을 목적으로 하는 것이니 중생을 실어 열반의 언덕에 이르게 하는 부처님의 교법을 이에 비유한 것이다.

25 의희(義熙) : 동진(東晉) 안제(安帝)의 연호. 405~418.

26 삼보(三輔) : 한(漢)나라의 수도인 장안(長安)의 인접지역인 경조윤(京兆尹)과 좌풍익(左馮翊), 우부풍(右扶風)을 말한다. 후에 서울의 인접지역을 일컫게 되었다.

晉末, 朔方凶奴赫連勃勃, 破獲關中, 斬戮無數. 時始
亦遇害, 刀不能傷, 勃勃嗟嘆之, 普赦沙門, 悉皆不殺. 始
於是潛遁山澤, 修頭陀行.

拓拔燾[27]復剋長安, 擅威關洛. 時有博陵崔皓, 小習左
道, 猜嫉釋教. 旣位居僞輔, 爲燾所信, 乃與天師寇謙之
說燾, 佛教無益, 有傷民利. 勸令廢之云云.

진(晉)나라 말기에 북방의 흉노(匈奴)[28] 혁련발발(赫連勃勃)[29]이 관중을 쳐서, 죽인 사람이 수없이 많았다. 이때 담시도 역시 해(害)를 만났으나 칼로 그를 상하게 하지 못하자 발발(勃勃)은 감탄하고, 중들을 널리 용서해서 석방하고 한 사람도 죽이지 않았다. 이에 담시는 몰래 산택(山澤)으로 피하여 두타(頭陀)[30]의 행실을 닦았다.

탁발도(拓跋燾)[31]가 다시 장안(長安)[32]을 쳐서 이기고 그 위세를 관중과 낙양(洛陽)[33]에까지 떨쳤다. 이때 박릉(博陵)[34]에 사는 최호(崔皓)라는 사람이 있어 좌도(左道)[35]를 조금 익혀서 불교를 시기하고 미워했다. 지위가 이미 위보(僞輔)[36]에 올라서 탁발도의 신임을 받게 되자 그는 천사(天師)[37] 구겸지(寇謙之)[38]와 함께 탁발도를 설득하여, 불교는 아무런 이익이 없고 백성들의 이익을 해치기만 하니 폐지해야 한다고 권하였다.

---

28 흉노(匈奴) : 몽골 및 중국 북부 지역에서 활동하던 유목민족.
29 혁련발발(赫連勃勃) : 진(晉)나라 때 5호16국 중의 하나인 하(夏)나라의 임금. 381~425. 원래 흉노의 후손으로서 후진(後秦) 요흥(姚興) 때 북방을 지키다가 반란을 일으켜 스스로 대하천왕(大夏天王)이라 일컬었다. 뒤에 장안에 들어가서 황제를 참칭하고 통만(統萬)에 도읍을 정했다.
30 두타(頭陀) : ⓢ dhūta의 음역. 두다(杜多), 두다(杜茶), 두타(杜陀)라고도 쓴다. 번뇌의 티끌을 떨쳐 없애고 의식주에 탐착(貪着)하지 않으며 청정하게 불도를 수행함을 말한다. 여기에는 12조의 행법(行法)이 있는데, 민간에서는 행각(行脚)하면서 걸식(乞食)하는 중을 이렇게 부른다. 행자(行者)라고도 한다.
31 탁발도(拓跋燾) : 북조(北朝) 북위(北魏)의 태무제(太武帝). 408~452. 재위 423~452.
32 장안(長安) : 혁련발발의 하(夏)나라가 있던 곳.
33 낙양(洛陽) : 하남성(河南省) 서부에 있는 도시.
34 박릉(博陵) : 하북성(河北省) 안평현(安平縣)에 있는 지명.
35 좌도(左道) : 정도(正道)가 아닌 사도(邪道). 여기에서는 불교가 아닌 도교를 가리킨 말이다.
36 위보(僞輔) : 오랑캐가 일시적으로 세운 나라의 재상.
37 천사(天師) : 도교의 교주(敎主)를 이름. 후한(後漢) 장도릉(張道陵)이 천사(天師)라고 스스로 칭한 데서 기인했다.
38 구겸지(寇謙之) : ?~448. 도교를 종교로 완성시키고 북위(北魏) 태무제(太武帝) 때 국교가 되게 하였다.

大平之末, 始方知壽將化時至, 乃以元會之日, 忽杖錫到宮門. 壽聞令斬之, 屢不傷, 壽自斬之亦無傷, 飼北園所養虎, 亦不敢近. 壽大生惣懼, 遂感癩疾, 崔·寇二人, 相次發惡病. 壽以過由於彼, 於是誅滅二家門族, 宣下國中, 大弘佛法. 始後不知所終.

議曰:

曇始以大元末到海東, 義熙初還關中, 則留此十餘年, 何東史無文? 始旣恢詭不測之人, 而與阿道·墨胡·難陀, 年事相同, 三人中疑一必其變諱也.

태평(太平)[39] 말년에 담시는 바야흐로 탁발도를 감화시킬 때가 왔다고 생각하고 이에 정월 초하룻날 홀연히 석장을 짚고 대궐 문에 이르렀다. 탁발도는 이 말을 듣고 베어 죽이라고 명했는데, 여러 차례 베었지만 상하지 않았다. 탁발도가 직접 베었지만 역시 상하지 않으므로 북원(北園)[40]에서 기르던 범에게 주었으나 범도 역시 감히 가까이하지 않았다. 탁발도는 부끄럽고 두려운 마음이 크게 일어나더니 드디어 역질(疫疾)에 걸렸으며, 최호와 구겸지 두 사람도 서로 잇달아 나쁜 병에 걸렸다. 탁발도는 이 허물이 그들 때문에 생긴 것이라 해서, 이에 두 사람의 일족(一族)을 죽여 없애고 나라 안에 조서를 내려 불법을 크게 퍼뜨렸다. 담시는 그 후 어찌 되었는지 알 수 없다.

논(論)한다.

담시는 태원(太元) 말년에 해동(海東)에 왔다가 의희 초년에 관중으로 돌아갔다고 하니 여기에서 10여 년이나 머물러 있었는데, 어찌 우리 역사에는 이런 기록이 없는가? 담시는 이상하고 헤아릴 수가 없는 사람이며 아도·묵호·난타(難陀)와 더불어 연대나 사적이 모두 같으니, 반드시 이들 세 사람 중에 한 사람의 이름은 그의 변명(變名)인 듯하다.

---

39   태평(太平) : 남조(南朝) 양 경제(梁敬帝)의 연호. 556~557.
40   북원(北園) : 북쪽 정원.

讚曰：

雪擁金橋凍不開　鷄林春色未全廻
可怜靑帝多才思　先著毛郎宅裏梅.

　　　　　　　　　　—『三國遺事』卷3「興法」

찬(讚)한다.

금교(金橋)를 안은 눈은 얼어 풀리지 않았으니
계림(鷄林)의 봄빛은 아직도 온전치 않구나
영민한 봄의 신(神)은 재치있는 생각이 많아서
먼저 모랑(毛郞)의 집 매화나무에 꽃을 피웠네

—『삼국유사』권3「흥법」

雙女墳

雙女墳記曰

有鷄林人崔致遠者, 唐乾符中補溧水尉, 嘗憩于招賢館. 前岡有塚, 號曰雙女墳, 詢其事迹, 莫有知者. 因爲詩以弔之.

是夜感二女至, 稱謝曰: "兒本宣城郡開化縣馬陽鄕張氏二女, 少親筆硯, 長負才情, 不意爲父母匹于鹽商小豎, 以此憤恚而終. 天寶六年同藏于此." 宴語至曉而別. 在溧水縣南一百一十里.

—『六朝事迹編類』[1] 卷下

---

1 『육조사적편류(六朝事迹編類)』: 남송(南宋) 때 장돈이(張敦頤)가 찬술한 역사 지리서. 문연각(文淵閣) 사고전서(四庫全書) 사부(史部) 347.

〈쌍녀분기(雙女墳記)〉에 다음과 같이 전한다.

계림(鷄林) 사람인 최치원이 당나라 건부(乾符)[2] 연간에 율수현위 (溧水縣尉)로 발령 받아서는, 초현관(招賢館)에서 쉰 적이 있었다. 그 앞 언덕에는 '쌍녀분'이라는 무덤이 있었는데, 사연을 물어보아도 아는 사람이 없었다. 그래서 시를 지어 조문하였다.

이 날 밤에 감동한 두 여자가 와서는 사례하였다.

"저희는 본래 선성군(宣城郡) 개화현(開化縣)[3] 마양향(馬陽鄕)에 사는 장씨(張氏)의 딸들입니다. 어려서 붓을 가까이 하고 자라서는 재주를 자부하였는데, 뜻하지 않게 부모님께서 소금장사치의 배필이 되게 하셨습니다. 이 때문에 분이 나서 울적한 마음에 생을 마감하고, 천보(天寶) 6년(747)에 여기에 같이 묻히게 되었습니다."

단란한 이야기는 새벽까지 이어지다가, 헤어졌다.

무덤은 율수현 남쪽 110리에 있다.

—『육조사적편류』권하

---

2 건부(乾符) : 당 희종(唐僖宗)의 연호. 874~879.
3 송나라 981년에 율수현을 대체한 지명.

圓光西學

　　唐續高僧傳第十三卷載.

　　新羅皇隆寺釋圓光, 俗姓朴氏. 本住三韓 : 卞韓·辰韓·馬韓, 光卽辰韓人也.
　　家世海東, 祖習綿遠. 而神器恢廓, 愛染篇章, 校獵玄儒, 討讎子史, 文華騰翥於韓服, 博贍猶愧於中原, 遂割略親朋, 發憤溟渤.

원광이 서쪽으로 유학가다

당(唐)의 『속고승전(續高僧傳)』[1] 제13권에는 아래와 같이 실려 있다.

신라 황륭사(黃隆寺)의 스님 원광(圓光)의 속성(俗姓)은 박씨(朴氏)이다. 본래 마한(馬韓)[2] · 진한(辰韓)[3] · 변한(弁韓)[4]이라 하는 삼한(三韓)에 살았는데, 원광은 곧 진한 사람이다. 집안 대대로 해동(海東)[5]에 살아 조상의 풍습이 오래 계승되었는데, 기량이 넓고 작문(作文)을 좋아하며, 도교와 유학을 널리 공부하고 제자백가서와 역사책을 연구하였다. 문장의 회려함은 삼한 지역에서 뛰어났으나, 박식함이 중원(中原)에 부끄러운 바가 있어, 드디어 친구와 이별하고 바다를 건너리라 마음먹었다.

---

1 속고승전(續高僧傳) : 당나라 초기의 남산율종조(南山律宗祖)인 도선(道宣, 596~667)의 저술. 모두 50권에 남북조의 후기부터 당 초까지의 승려 정전 485인, 부 219인을 수록하였다. 『당고승전』이라고도 한다.
2 마한(馬韓) : 기원전 1세기부터 기원후 3세기까지 경기도 · 충청도 · 전라도 지방에 분포한 50여 개의 소국(小國)을 가리킨다.
3 진한(辰韓) : 기원 전후부터 4세기경에 대구 · 경주 지역에 분포한 12개의 소국을 가리킨다.
4 변한(弁韓) : 기원 전후부터 4세기경까지 김해 · 마산 지역에 분포한 12개의 소국을 가리킨다.
5 해동(海東) : 바다 동쪽이라는 뜻으로, 중국에 대해 우리나라를 이르는 말. 여기서는 신라 일대를 이르는 말.

年二十五, 乘舶造于金陵. 有陳之世, 號稱文國. 故得諮考先疑, 詢猷了義. 初聽庄[6]嚴旻公弟子講. 素霑世典, 謂理窮神, 及聞釋宗, 反同腐芥. 虛尋名敎, 實懼生涯. 乃上啓陳主, 請歸道法, 有勅許焉.

旣爰初落采, 卽稟具戒. 遊歷講肆. 具盡嘉謀, 領牒微言, 不謝光景. 故得成實·涅槃, 蘊括心府. 三藏釋論, 徧所披尋.

6 《교감》'庄'은 '莊'의 오자.

25세에 배를 타고 금릉(金陵)[7]으로 갔다. 이때는 진(陳)[8]의 시대로 문명국이라 칭해지던 때였다. 그러므로 먼저 의심나던 것을 묻고 뜻을 깨달았다. 처음에 장엄사(莊嚴寺)[9] 민공(旻公)[10]의 제자에게 강의를 들었다. 평소 세간의 경전을 익혀 이치의 궁극[窮神]으로 여겼더니 불교의 종지(宗旨)를 듣고는 도리어 썩은 지푸라기로 여겼다. 헛되이 명교(名敎)[11]를 찾는 것이 실로 생애에 두렵다 하여 진(陳)왕에게 글을 올려 도법(道法)에 돌아감을 청하니 칙명으로 허락하였다.

비로소 머리를 깎고 즉시 구족계(具足戒)[12]를 받고는 강원(講院)[13]을 두루 찾아다니며, 좋은 내용[嘉諫]을 다 배우고 미묘한 말을 해득하여 세월을 허비하지 않았다. 그리하여 『성실론(成實論)』[14]과 『열반론(涅槃論)』[15]을 얻어 마음에 긴직히고 삼장(三藏)의 석론(釋論)[16]

7　금릉(金陵) : 강소성(江蘇省) 남경(南京).

8　진(陳) : 남북조시대, 남조의 마지막 나라. 557년 진패선(陳霸先)이 후경(侯景)의 난을 평정한 뒤, 양나라의 정권을 장악하여 제위에 올랐는데, 589년 수 문제에게 망하였다.

9　장엄사(莊嚴寺) : 남경(南京)에 있던 사찰.

10　민공(旻公) : 『속고승전(續高僧傳)』 권5에 나오는 장엄사의 승민(僧旻)을 말한다. 467 ~527. 양나라 3대 법승으로 일컬어진다.

11　명교(名敎) : 인륜에 관계되는 성현의 가르침. 여기서는 유교를 말한다.

12　구족계(具足戒) : 비구나 비구니가 지켜야 할 일체의 계율.

13　강원(講院) : 경전을 연구하거나 학습하는 사찰 또는 기관.

14　성실론(成實論) : ⑤ Satyasiddhiśāstra. 인도의 하리발마(訶梨跋摩, Harivarman)가 지은 성실종의 기본 논서로, 후진(後秦)시대에 구마라집(鳩摩羅什, Kumārajīva)이 번역하였다. 우주의 모든 현상은 가(假)로 존재하는 것이므로 결국 공(空)에 돌아가는 것이라고 논정(論定)하고, 이 관(觀)으로 말미암아 4제(諦)의 실의를 체달한다 하며, 8성도(聖道)에 의하여 온갖 번뇌를 멸하고 무여열반의 경지에 이른다고 말한다.

15　열반론(涅槃論) : ⑤ Nirvāṇaśāstra. 북인도의 세친(世親, Vasubandhu)이 저술하였으며, 원위(元魏)시대(386~535)에 달마보리(達磨菩提, Dharmabodhi)가 번역하였다. 『대반열반경』 제3권에 있는 여러 게송들을 설명하여 『대반열반경』 전체의 의의를 해석한다.

16　석론(釋論) : 경전의 뜻을 풀이하는 것.

을 두루 탐구하였다.

末又投吳之虎(丘)山,[17]念定相沿, 無忘覺觀. 息心之衆, 雲結林泉. 竝以綜涉四含, 功流八定, 明善易擬, 筒[18]直難虧, 深副夙心, 遂有終焉之慮. 於卽頓絶人事, 盤遊聖迹, 攝想靑霄, 緬謝終古.

17　《교감》'丘'자 부분이 공백으로 되어 있는데 『해동고승전』에 의거하여 보충한다.
18　《교감》'筒'은 '簡'의 오자.

　나중에는 오(吳)의 호구산(虎丘山)[19]에 가서 염정(念定)[20]을 계속하고 각관(覺觀)[21]을 잊지 않으니 식심(息心)[22]의 무리들이 구름처럼 산으로 모여 들었다. 아울러 사아함경(四阿含經)[23]을 읽어 그 공력이 8정(八定)[24]에 들어가니, 명선(明善)[25]을 쉽게 헤아리고, 소박하고 정직함은 부족하지 않았다. 본래의 생각과 잘 맞기에 드디어 평생을 이곳에서 마치려는 생각이 있었다. 이에 사람들과 관계를 끊고, 성인의 자취를 두루 유람하여 생각을 하늘에 두고 속세를 영원히 떠나려 하였다.

19　호구산(虎丘山) : 소주(蘇州) 서북쪽에 있는 산. 승민(僧旻)이 주석한 바 있다.
20　염정(念定) : 정념(正念)과 정정(正定)의 준말. 정념이란 참된 지혜로써 정도(正道)를 생각하여 사곡(邪曲)된 생각이 없음이고, 정정이란 참된 지혜로써 산란하고 흔들리는 생각을 없애고, 몸과 마음을 고요하게 하고, 진공의 이치를 바라보며 마음을 움직이지 않음이다.
21　각관(覺觀) : 총체적으로 생각하는 것을 '각(覺)'이라 하고, 분석적으로 사고하는 것을 '관(觀)'이라 한다. 신역(新譯)에서는 심사(尋伺)라고 한다.
22　식심(息心) : 잡념을 불식한다는 뜻으로, 중을 일컫는다.
23　『사아함경(四阿含經)』: 아함(阿含)은 일체의 소승경(小乘經)이다. 증일(增一)·장(長)·중(中)·잡(雜)의 4부로 나누어 엮었으므로 '사아함경(四阿含經)'이라 일컫는다.
24　8정(定) : 색계 4선정(禪定)과 무색계 4공정(空定)을 이른다. 4선정은 4정려(靜慮)라고도 한다. 선정은 고요함과 함께 지혜가 있어, 능히 정밀하게 생각하는 뜻으로 '정려'라 한다. 초선(初禪)은 유심유사정(有尋有伺定), 2선은 무심유사정(無尋唯伺定), 3선은 무심무사정(無尋無伺定), 4선은 사념법사정(捨念法事定)이다. 4공정은 사무색정(四無色定)이라고도 하니, 즉 공무변처정(空無邊處定), 식무변처정(識無邊處定), 무소유처정(無所有處定), 비상비비상처정(非想非非想處定)이다.
25　명선(明善) : 선을 밝히 알다.

時有信士, 宅居山下, 請光出講. 固辭不許, 苦事邀延, 遂從其志. 創通成論, 末講般若, 皆思解佼[26]徹, 嘉問[27]飛移, 兼綵以絢采, 織綜詞義, 聽者欣欣, 會其心府.

從此因循舊章, 開化成任. 每法輪一動, 輒傾注江湖. 雖是異域通傳, 而沐道頓除嫌郄, 故名望橫流, 播于嶺表, 披榛負橐而至者, 相接如麟.

---

26 《교감》'佼'은 '俊'의 오자.
27 《교감》'問'은 '聞'의 오자.

당시 어떤 신사(信士)가 산 밑에서 살고 있었는데, 원광에게 나와서 강의해 주기를 청했다. 원광은 구지 사양했으나 힘써 맞이하려 하므로 결국 그 뜻을 따랐다. 처음에 『성실론(成實論)』을 강의하고, 나중에 『반야경(般若經)』[28]을 강의하였다. 모든 의논과 해석이 통철하니, 명성이 빨리 전파되었다. 아울러 아름다운 문장으로 그 의미를 풀어내니, 듣는 이들이 기뻐하며 마음에 흡족해 하였다.

이로부터 예전의 규정[舊章]에 따라 중생을 개화하는 것을 임무로 삼으니, 법륜(法輪)[29]이 움직일 때마다 사람들이 몰려들었다. 비록 이역 땅에서 전하는 것이긴 하나, 불도에 흠뻑 젖어 꺼리지 않았으므로 명망이 널리 알려져 영외(嶺外)에까지 전파되니, 가시덤불을 헤치며 바랑을 지고 오는 사들이 매우 많았디.

28 『반야경(般若經)』 : 모든 법의 실상은 반야에 의해 밝혀진다고 설명하는 경전. 가장 방대한 경전은 당나라 현장(玄奘)이 번역한 『대반야경(大般若經)』 600권이며, 그 외 여러 가지 반야경전류는 이 경전의 일부분이거나 요약한 것이다. 특히 『금강경』으로 통칭되는 요진(姚秦) 구마라즙(鳩摩羅什) 번역의 『금강반야경』은 석가모니가 사위국에서 제자 수보리를 위하여, 모든 법이 정해진 모양이 없으며, 머무르지 않는 마음을 내야 한다고 설하여 반야 사상의 정수를 적합한 분량으로 나타내어 중국 선종의 근본경전으로 활용된다.
29 법륜(法輪) : 석가모니의 가르침. 범륜(梵輪)이라고도 한다. 석가가 설법하는 것을 법륜을 돌린대(轉法輪]고 한다. 법을 전륜왕(轉輪王)의 수레바퀴 모양의 고대 인도의 무기인 윤보(輪寶)에 비유한 것으로, 세속의 왕자로서의 전륜왕이 윤보를 돌려 천하를 통일하는 것과 같이, 정신계의 왕자로서의 석가는 법륜을 돌려 삼계(三界)를 구제한다.

會隋后御字,[30] 威加南國, 曆窮其數, 軍入揚都. 遂被亂兵, 將加刑戮. 有大主將, 望見寺塔火燒, 走赴救之, 了無火狀, 但見光在塔前, 被縛將殺, 旣怪其異, 卽解而放之, 斯臨危達感如此也.

光學通吳越, 便欲觀化周秦, 開皇九年, 來遊帝宇. 値佛法初會, 攝論肇興, 奉佩文言, 振績微緖, 又馳慧解, 宣譽京皐.

勳業旣成, 道東須繼. 本國遠聞, 上啓頻請, 有勅厚加勞問, 放歸桑梓. 光往還累紀, 老幼相欣. 新羅王金氏面申虔敬, 仰若聖人.

---

30 《교감》'字'는 '宇'의 오자.

마침 수(隋)나라 왕이 천하를 통치하니 위엄이 남국(南國, 陳)에까지 미쳤다. 진나라의 운이 다해, 수나라 군대가 양도(揚都)[31]에 들어왔다. 원광은 난병(亂兵)에게 잡혀 죽을 위기에 처했는데, 어떤 수나라 대장이 절의 탑이 불에 타는 것을 보고 구하러 달려와 보니, 불이 난 일은 없었고 다만 원광이 탑 앞에 결박당한 채 사살되기 직전이었다. 대장은 기이하게 여겨 즉시 풀어주었다. 위기에 봉착하자 영감(靈感)을 나타냄이 이와 같았다.

원광은 오・월(吳越)[32]에서 학문이 통했으므로 주・진(周秦)[33]의 문화를 보고자 하여, 개황(開皇)[34] 9년(589)에 황제의 영토로 유학하였다. 마침 불법(佛法)을 전하는 집회가 처음으로 일어나고 섭론종(攝論宗)[35]이 비로소 일어나자, 경전의 아름다운 말을 간직하고 경전의 미묘한 단서를 뽑아 정리하고 또한 잘 해석하여, 서울[36]에서 명예를 떨쳤다.

공적이 이루어지자, 불법이 동쪽으로 이어지게 되었다. 본국에서 멀리 소문을 듣고 황제에게 아뢰어 여러 번 청하니, 황제는 칙명으로 후하게 위로하고 고향으로 보내 주었다. 원광이 수십 년 만에 돌아오니 노인과 아이들 모두가 기뻐하였다. 신라 왕 김씨[37]는 직접 대면하고 공경하여 성인처럼 우러렀다.

---

31 양도(揚都) : 진(陳)의 수도였던 양주(揚州).
32 오・월(吳越) : 남쪽 양자강 유역에 있던 나라들.
33 주・진(周秦) : 북쪽 황하 유역에 있던 나라들.
34 개황(開皇) : 수 문제(隋文帝)의 첫 번째 연호. 581~600.
35 섭론종(攝論宗) : 『섭대승론(攝大乘論)』에 의거하여 성립된 중국 불교의 종파. 법상종이 일어나면서 쇠퇴하였다.
36 서울 : 원문은 경고(京皐). 수나라 서울은 장안(長安)이다.
37 신라왕 김씨 : 진흥왕을 가리킨다.

光性在虛閑, 情多汎愛, 言常含笑, 慍結不形, 而牋表啓書, 往還國命, 幷出自胸襟. 一隅傾奉, 皆委以治方, 詢之道化, 事異錦衣, 請[38]同觀國, 乘機敷訓, 垂範于今.

年齒旣高, 乘輿入內, 衣服藥食, 幷王手自營, 不許佐助, 用希專福, 其感敬爲此類也. 將終之前, 王親執慰, 囑累遺法兼濟民, 斯爲說徵祥, 被于海曲.

---

38 《교감》 '請'은 '情'의 오자.

원광은 욕심이 없고 정이 많아 두루 사랑하며 말을 할 때마다 항상 미소를 머금고, 화를 내지 않았다. 전·표·계서(牋表啓書)[39] 등 오가는 국서는 모두 그의 심중으로부터 나왔으니 나라 전체가 받들었고, 다스리는 방법을 맡기고 도(道)로 교화하는 것을 물었다. 복장은 관료가 아니었으나 사실상 나라 일을 보는 것과 같았다. 그래서 기회를 타 훈계를 베풀어 오늘에까지 모범이 되고 있다.

나이가 많아지자 수레를 타고 대궐을 출입하였으며, 의복과 음식을 모두 왕이 손수 마련하여 좌우에서 돕지 못하게 함으로써 혼자서 복을 받고자 했으니, 그 감복하고 존경함이 이러했다. 죽기 전에, 왕이 친히 손을 잡고 위로하며, 불법을 남기고 백성을 구제할 것을 부탁하였다. 이에 상서(祥瑞)를 밀하니, 그 공덕이 나라 구석구석까지 미쳤다.

---

39 전·표·계서(牋表啓書) : 왕에게 올리는 문서 양식들.

以彼建福五十八年, 少覺不念, 經于七日遺誡, 清切端坐, 終于所住皇隆[40]寺中, 春秋九十有九, 卽唐貞觀四年也 — 宜云十四年. 當終之時, 寺東北虛中, 音樂滿空, 異香充院, 道俗悲慶, 知其靈感. 遂葬于郊外, 國給羽儀葬具, 同於王禮.

後有俗人兒胎死者, 彼土諺云 : "當於有福人墓埋之, 種胤不絕." 乃私瘞於墳側, 當日震此胎屍, 擲于塋外. 由此不懷敬者, 率崇仰焉.

40 《교감》'隆'은 '龍'의 오자.

건복(建福)[41] 58년(636)에 조금 불편함을 느끼더니 7일이 지나자 훈계를 남기고 청절(淸切)하게 단정히 앉아, 거처하던 황룡사 안에서 입적(入寂)하였다. 나이는 99세였으며 당(唐) 정관(貞觀)[42] 4년(630)이었다. ─14년(640)이 맞다.─[43] 입적할 때에 절 동북쪽 공중에 음악소리가 가득하고 기이한 향기가 사원에 퍼지니, 승려와 속인들은 슬퍼하면서도 한편으론 경사로 여기며 원광의 영험한 감응을 알았다. 드디어 교외에 장례지내니, 나라에서 장례 도구를 보내어 왕의 장례와 같이 했다.

후에 속인(俗人)이 죽은 아이를 낳았는데, 그 지방 속담에 "복 있는 사람의 묘 옆에 묻으면 후손이 끊이지 않는다"라고 하여, 몰래 원광의 무덤 옆에 묻었더니, 그날 태아의 시체에 벼락이 내리쳐 무덤 밖으로 던져졌다. 이 일로 마음으로 공경하지 않던 자들이 모두 우러르게 됐다.

---

41 건복(建福) : 신라 진평왕의 연호. 584~633
42 정관(貞觀) : 당 태종의 연호. 627~649.
43 《교감》『동양년표』(이현종, 탐구당, 1992)에 의하면 서기 연대가 서로 불일치하는데, 아직은 상고할 수 없다. 건복은 진평왕의 연호이다. 진평왕 6년(584)부터 54년(632)까지 49년 동안 사용했다. 건복 58년이라면 선덕여왕 5년에 해당하고 이때는 인평(仁平)이라는 연호를 사용하고 있었다. 그러나 일연은 이 연호의 존재를 몰랐던 듯하고, 주석을 달아 '정관 14년'이라 하였는데, 이때는 640년이다. 어쨌든 우리 연호가 등장하는 것으로 보아, 일연이 당나라 『속고승전』을 그대로 인용하지 않았다는 증거가 된다.

有弟子圓安, 神忘[44]機穎, 性希歷覽, 慕仰幽求, 遂北趣九[45]都, 東觀不耐, 又西燕魏, 後展帝京. 備通方俗, 尋諸經論, 跨轢大綱, 洞淸纖旨. 晩歸心學, 高軌光塵. 初住京寺, 以道素有聞, 特進蕭瑀奏請, 住於藍田所造津梁寺, 四事供給, 無替六時矣. 安嘗敍光云:

---

44 《교감》'忘'은 '志'의 오자인 듯함.
45 《교감》'九'는 '丸'의 오자.

제자 원안(圓安)은 지혜롭고 두루 보기를 좋아하며 깊은 곳에서 도를 구하기를 앙모하였다. 드디어 북으로 환도(丸都)[46]에도 가고 동으로 불내(不耐)[47]도 보고, 서쪽으로 연·위(燕魏)[48]로 가서 후에 황제의 서울[長安]에 이르렀다. 각 지방의 풍속을 자세히 파악하고 여러 경론(經論)을 찾아 큰 줄기를 파악하고, 섬세한 뜻까지 파악하였다. 만년에는 심학(心學, 불교)으로 돌아와 훌륭히 원광의 뒤를 따랐다. 처음에 장안의 절에 있을 때 도(道)로 이름이 알려져 특진(特進) 소우(蕭瑀)[49]가 주청(奏請)하여 남전(藍田)[50]에 지은 진량사(津梁寺)[51]에 거하게 했으며 4사(四事)[52]를 6시(六時)[53]에 따라 공급함이 변함이 없었다. 원안이 일찍이 원광에 대해 다음과 같이 기록하였다.

46 환도(丸都) : 고구려의 수도. 『삼국사기』 지리지에 '안시성은 일명 환도성(丸都城)이라고도 한다.' 하였다. 환도는 지금 강계부(江界府) 북쪽 강 건너 지역에 있었다고 『다산시문집』 제8권 〈지리책(地理策)〉에 전한다.
47 불내(不耐) : 동예(東濊)의 옛 땅, 지금의 안변(安邊).
48 연·위(燕魏) : 연은 춘추전국시대(春秋戰國時代)에 하북성(河北省) 북부에 있던 나라. 위는 전국시대, 삼국시대, 남북조시대에 있던 왕조이다. 여기서는 위나라가 있던 하북성과 산동성 일대를 가리킨다.
49 소우(蕭瑀) : 575~648. 수 양제(隋煬帝) 소후(蕭后)의 동생. 당나라에 귀의하여서는 당 고조(唐高祖)가 중히 여겨 송국공(宋國公)에 봉하였다.
50 남전(藍田) : 섬서성(陝西省) 서안(西安)에 있는 현(縣).
51 진량사(津梁寺) : 『속고승전(續高僧傳)』 권19 「당 옹주 진량사 석법희 전(唐雍州津梁寺釋法喜傳)」에 "무덕(武德) 4년(641)에 우복야(右僕射) 소우(蕭瑀)가 남전(藍田)에 절을 지어 '진량사'라고 했다"는 기록이 있다.
52 4사(四事) : 의복·음식·침구·탕약.
53 6시(六時) : 하루의 낮을 셋으로, 밤을 셋으로 나눈 것이다. 낮은 아침·낮·해질녘이고, 밤은 초저녁·밤중·새벽이다.

“本國王染患, 醫治不損, 請光入宮, 別省安置, 夜別二時爲說深法, 受戒懺悔, 王大信奉. 一時初夜, 王見光首, 金色晃然, 有象日輪, 隨身而至, 王后宮女同共觀之. 由是重發勝心, 克留疾所, 不久遂差. 光於辰韓馬韓之間, 盛通正法, 每歲再講, 匠成後學, 賙施[54]之資, 幷充營寺, 餘惟衣盂而已【載達函】.”

(…『수이전』의 기록 생략…)

---

54 《교감》 '賙施'는 본문에 빈칸으로 되어 있는데 『해동고승전』에 의해 보충한다.

"본국 왕이 병이 들었는데, 의원들이 치료하지 못하자 원광을 청해 궁에 들어오게 해서 별실을 마련하여 머무르게 하였다. 밤마다 2시간 동안 심오한 법을 말하여 계(戒)를 받고 참회하게 하니 왕이 매우 신봉하였다. 어느 날 초저녁에 왕은 원광의 머리에 금색이 찬란하고 해처럼 둥근 모양이 걸려있는 것을 보았고, 왕후와 궁녀들도 모두 그것을 보았다. 이로부터 승심(勝心)[55]을 거듭 발하여 병실에 머무르게 했더니 오래지 않아 드디어 병이 나았다. 원광은 진한과 마한에서 정법(正法)을 널리 펴고 해마다 두 번 강론하여 후학을 양성하였다. 왕에게 받은 재물은 모두 절을 짓는 데 충당하고 오직 의발(衣鉢)만을 남겼다." — 달함(達函)[56]에 기재되어 있다.

(…『수이전』의 기록 생략…)

55 승심(勝心) : 뛰어난 행실을 닦는 마음.
56 달함(達函) : 『고려대장경』 권수의 분류 기호.

又三國史列傳云：

賢士貴山者, 沙梁部人也. 與同里箒項爲友. 二人相謂
曰：

"我等期與士君子遊, 而不先正心持身, 則恐不免招辱,
盍問道於賢者之側乎?"

時聞圓光法師入隋回, 寓止嘉瑟岬【或作加西, 又嘉栖, 皆方
言也. 岬, 俗云：古尸故. 或云：古尸寺, 猶言岬寺也. 今雲門寺東九千步許, 有
加西峴, 或云：嘉瑟峴, 峴之北洞有寺基, 是也】二人詣門進告昌：[57]

"俗士顚蒙, 無所知識, 願賜一言, 以爲終身之誡."

<hr>

또『삼국사』열전에 다음과 같은 기록이 있다.

어진 선비인 귀산(貴山)은 사량부(沙梁部)[58] 사람이다. 같은 마을 추항(箒項)과 벗이 되었다. 두 사람은 서로 말하였다.

"우리들은 사군자와 노닐 것을 기약하였으니 먼저 마음을 바로 하고 몸을 지키지 않으면 모욕을 당할 것이다. 어찌 현자 곁에서 도를 묻지 않으리오?"

당시 원광 법사가 수나라에 들어갔다가 돌아와 가슬갑(嘉瑟岬)—'가서(加西)'라고도 하고 '가서(嘉栖)'라고도 하니 모두 우리말이다. 갑(岬)을 속칭 '곳【古尸】'이라 하기 때문이다. 혹은 '곳절【古尸寺】'이라 하니 '갑사(岬寺)'와 같은 말이다. 지금 운문사(雲門寺) 동쪽 9천 보(步) 되는 거리에 가서현(加西峴)이 있는데, 가슬현(嘉瑟峴)이라고도 한다. 고개 북쪽 골짜기에 사찰 터가 있으니, 이것이다—에 머무르고 있다는 소식을 듣고는, 두 사람이 찾아가서 고하였다.

"속세 선비가 어리석어 아는 바 없으니 바라건대 한 말씀 해주시면 평생의 훈계로 삼겠습니다."

---

58 사량부(沙梁部) : 신라 때에 둔 육부의 하나. 유리왕 9년(32)에 6촌(村)을 6부(部)로 바꿀 때 '돌산(突山)'과 '고허촌(高墟村)'을 개칭한 것으로, 성(姓)을 최씨(崔氏)로 받았으며, 지금의 경주 남천(南川) 이남, 서천(西川) 이동, 북천(北川) 이남 일대로 추측된다.

光曰:

"佛敎有菩薩戒, 其別有十, 若等爲人臣子, 恐不能堪. 今有世俗五戒, 一曰事君以忠, 二曰事親以孝, 三曰交友有信, 四曰臨戰無退, 五曰殺生有擇, 若[59]行之無忽."

貴山等曰:

"他則旣受命矣, 所謂殺生有擇, 特未曉也."

光曰:

"六齋日[60]春夏月不殺, 是擇時也. 不殺使畜, 謂馬牛雞犬. 不殺細物, 謂肉不足一臠, 是擇物也. 此亦唯其所用, 不求多殺. 此是世俗之善戒也."

貴山等曰:

"自今以後, 奉以周旋, 不敢失墜."

後二人從軍事, 皆有奇功於國家.

---

59 《교감》'等'이 탈락됐다.
60 《교감》'曰'은 '日'의 오자.

원광이 말하였다.

"부처님 가르침에 보살계(菩薩戒)[61]가 있으니 분별하면 열 가지가 되지만, 너희들은 신하가 되었으니 감당하지 못할 것이다. 이제 세속오계가 있으니, 하나는 임금 섬김을 충성으로써 함이요, 둘은 부모 모심을 효로써 함이요, 셋은 친구 사귐을 신의로써 함이요, 넷은 싸움에 임하여 물러섬이 없음이요, 다섯은 살생을 가려서 함이라. 너희들은 이것을 행하여 소홀히 하지 마라."

귀산 등이 말하였다.

"다른 것들은 명을 받들겠습니다만 이른 바 살생을 가려서 하라는 말씀은 유독 깨닫지 못하겠습니다."

원광이 말하였다.

"육재일(六齋日)[62]과 봄·여름철에는 살생을 하지 않으니, 이는 때를 가림이라. 부리고 기르는 생물을 죽이지 않으니, 소와 말과 닭과 개를 이름이라. 작은 생물을 죽이지 않으니, 고기 한 점도 되지 않음이라. 이것이 생물을 가리는 것이다. 이 또한 용도만큼만 하고 많이 죽이지는 말아야 한다. 이것이 세속의 좋은 계율이니라."

귀산 등이 말하였다.

"지금부터 받들어 행하여 어기지 않겠습니다."

그 뒤에 두 사람은 군대에 나아가 모두 나라에 큰 공을 세웠다.

---

61 보살계(菩薩戒) : 대승(大乘)의 보살들이 받아 지켜야 할 계율. '대승계'라고도 한다.
62 육재일(六齋日) : 한 달 중 깨끗이 재계(齋戒)하는 6일. 음력 8, 14, 15, 23, 29, 30일을 말한다.

又建福三十年癸酉【卽眞平王卽位三十五年也】秋, 隋使王世儀
至, 於皇龍寺設百座道場, 請諸高德說經, 光最居上首.

議曰：

原宗興法已來, 津梁始置, 而未遑堂奧. 故宜以歸戒滅
懺之法, 開曉愚迷, 故光於所住嘉栖[63]岬, 置占察寶, 以
爲恒規. 時有檀越尼, 納田於占察寶, 今東平郡之田一百
結是也. 古籍猶存.

---

63 《교감》 '栖'은 '栖'의 오자.

그리고 건복(建福)[64] 30년 계유(613) — 즉 진평왕 즉위 35년이다 — 가을에 수나라 사신 왕세의(王世儀)가 오니, 황룡사에 백좌도량(百座道場)[65]을 마련하고서 고승들을 청하여 경전을 강설하도록 하였는데, 원광이 가장 높은 자리를 차지했다.

논(論)한다.

원종(原宗, 법흥왕)이 불법을 일으킨 이래 진량(津梁)[66]은 설치되었으나 당오(堂奧)[67]는 아직 겨를이 없었다. 그래서 귀계멸참(歸戒滅懺)[68]의 법으로 우매한 이들을 깨우쳐야 했으므로 원광이 머무는 가서갑(嘉栖岬)에 점찰보(占察寶)[69]를 실치하여 항규(恒規)로 삼았다. 당시 단월(檀越)[70] 여승이 점찰보에 밭을 헌납하였으니, 지금 동평군(東平郡)의 밭 1백 결이 이것이다. 옛 문서가 아직 남아 있다.

64 건복(建福) : 신라 진평왕의 연호. 584~633.
65 백좌도량(百座道場) : 사자좌(師子座) 100개를 마련하고 높은 중을 모셔 설법하는 큰 법회.
66 진량(津梁) : 나루터와 다리. 선도적인 역할을 하는 방법을 가리킨다.
67 당오(堂奧) : 마루와 방의 깊숙한 곳. 학문의 깊은 뜻을 가리킨다.
68 귀계멸참(歸戒滅懺) : 계율에 의지하여 죄를 멸하고 참회한다.
69 점찰보(占察寶) : 점찰법회. 『점찰선악업보경(占察善惡業報經)』에 의거하여, 많은 선악의 종류를 적은 여러 개의 나무 조각을 던져 점을 쳐서 과거에 지은 잘못을 관찰하고 참회하는 법회.
70 단월(檀越) : ⓢ dānapati, 시주(施主), 보시(布施)를 행하는 사람.

光性好虛靜, 言常含笑, 形無慍色. 年臘旣邁, 乘輿入內, 當時群彦, 德義攸屬, 無敢出其右者. 文藻之贍, 一隅所傾. 年八十餘, 卒於貞觀間, 浮圖在三岐山金谷寺【今安康之西南洞也, 亦明活之西也】唐傳云 : 告寂皇隆寺, 未詳其地. 疑皇龍之訛也, 如芬皇作王芬寺之例也.

據如上唐鄕二傳之文, 但姓氏之朴薛, 出家之東西, 如二人焉, 不敢詳定, 故兩存之. 然彼諸傳記, 皆無鵲岬璃目與雲門之事, 而鄕人金陟明, 謬以街巷之說, 潤文作光師傳, 濫記雲門開山祖寶壤師之事迹, 合爲一傳. 後撰海東僧傳者, 承誤而錄之, 故時人多惑之. 因辨於此, 不加減一字, 載二傳之文詳矣.

원광은 욕심이 없고 고요함을 좋아하며 말할 때면 항상 미소를 머금고 화를 내지 않았다. 나이가 많아서 가마를 타고 궁 안으로 드나들었다. 당시 많은 현인들 중에 덕의(德義)로서 원광보다 나은 이가 없었고, 문장의 넉넉함도 모두 앙모하는 바였다. 80세 넘어 정관(貞觀) 연간에 졸하였다. 부도(浮圖)[71]는 삼기산 금곡사(金谷寺) ―지금 안강(安康) 서남쪽 골짜기요, 명활성 서쪽이다―에 있다. 당 전기 (傳記)에는 황륭사(皇隆寺)에서 입적하였다고 하는데, 어디인지 알 수 없다. 황룡사의 와전인 듯하니, 분황사(芬皇寺)를 왕분사(王芬寺) 라고 한 것과 같다.

위의 당 전기와 우리 전기 두 글에 의하면 속성이 박(朴)과 설(薛), 출가한 곳이 동(신라)과 서(중국)로 달리서, 두 사람 같은데, 확정할 수 없어서 둘 다 남겨 놓는다. 그런데 여러 전기들에 작갑(鵲岬)과 이 목(璃目), 운문(雲門)[72]의 사건들이 없는데, 향인(鄕人) 김척명(金陟 明)[73]이 떠도는 이야기로 윤문하여 원광법사전을 잘못 작성하고 함 부로 운문사 개산조(開山祖)[74] 보양 법사의 사적을 합하여 하나의 전 기로 만들었다. 후에 해동승전을 찬술한 이도 오류를 답습하여 기록 한 까닭에 당시 사람들이 많이 미혹하게 되었다. 그래서 이것을 분 별하고자 한 글자도 가감하지 않고 두 전기를 자세히 싣는다.

---

71 부도(浮圖) : 고승(高僧)의 사리(舍利)나 유골을 안치하는 묘탑(妙塔). 부도(浮屠), 부
두(浮頭), 불도(佛圖), 포도(蒲圖)라고도 한다.
72 이목(璃目), 운문(雲門)에 대해서는 뒤에 실린 〈보양과 배나무〉 편에 나온다.
73 김척명(金陟明)은 『수이전』의 개작자로 거론되는 인물이다.
74 개산조(開山祖) : 절을 처음 세우거나 종파를 새로 연 승려.

陳隋之世, 海東人鮮有航海問道者, 設有, 猶未大振,
及光之後, 繼踵西學者憧憧焉, 光乃啓途矣.

讚曰:

航海初穿漢地雲　幾人來往把淸芬
昔年蹤迹靑山在　金谷嘉西事可聞

—『三國遺事』卷4「義解」

진(陳)과 수(隋) 시대에 해동 사람으로서 건너가서 도를 묻는 이가 드물었다. 설령 있다고 해도 크게 떨친 이는 없었다. 원광 후에야 뒤를 이어 서쪽으로 유학을 간 이들이 많아졌다. 원광이 길을 연 것이다.

찬(讚)한다.

> 바닷길로 처음 중국 구름을 뚫으니
> 몇이나 왕래하며 맑은 향 배웠나
> 옛 종적은 청산이 남아 있을 뿐
> 금곡, 가슬갑 일을 물을 수 있나

—『삼국유사』권4「의해」

圓光傳

釋圓光, 俗姓薛氏, 或云朴, 新羅王京人.

年十三落髮爲僧【續高僧傳云入唐剃削】, 神器恢廓, 惠解超倫, 校涉玄儒, 愛染篇章, 逸想高邁, 猒居憒鬧.

三十歸隱三岐山, 影不出洞. 有比丘來止近地, 作蘭若修道. 師夜坐誦念, 有神呼曰:

"善哉! 凡修行者雖衆, 無出法師右者. 今彼比丘經[1]修呪術, 但惱汝淨念, 碍我行路, 而無所得, 每當經歷, 幾發惡心. 請師誘令移去, 若不從久住, 當有患矣."

원광(圓光)의 속성(俗姓)은 설씨(薛氏) 또는 박씨(朴氏)라고 하며, 신라 서울 사람이다.

나이 열세 살에 머리를 깎고 중이 되었다. —『속고승전(續高僧傳)』에는 당(唐)나라 절에 들어가 머리를 깎았다고 한다. — 도량이 크고 넓었으며 지혜가 월등하였다. 도교와 유학을 두루 섭렵하였고 문장을 좋아하였으며 생각이 고매하여 시끄러운 곳에 거하기를 싫어하였다.

서른 살에 삼기산(三岐山)에 들어가 은거하여 그림자조차도 계곡 밖을 나가지 않았다. 한 비구(比丘)가 와서 가까운 곳에 미물러 난야(蘭若)[2]를 짓고 수도(修道)하였다. 법사가 밤에 [경전을] 염송하며 앉아 있는데, 신(神)이 불러 말하였다.

"훌륭하도다! 무릇 수행하는 자는 많으나 법사(法師)보다 뛰어난 자는 없도다. 이제 저 비구가 주술(呪術)을 닦고 있으니, 다만 그대의 맑은 생각을 괴롭히고 나의 행로(行路)에 방애가 될 뿐, 얻는 바가 없다. 지날 때마다 악심(惡心)을 일으키게 하니, 청컨대 법사가 타일러 다른 곳으로 가게 하라. 만약 내 말을 따르지 않고 오래 머문다면 마땅히 환난(患難)이 있으리라."

---

2   난야(蘭若) : ⓢ āraṇyaka의 음역인 아란야(阿蘭若)의 준말. 출가자가 수행하는 조용한 곳, 즉 사원을 말한다.

明旦, 師往告彼僧曰：

"可移去[3]逃害, 不然, 將有不利."

對曰：

"至行魔之所妨. 何憂妖鬼言乎?"

是夕, 其神來訊彼答, 師恐其怒也, 謬曰：

"未委耳. 何敢不聽?"

神曰：

"吾已俱知其情, 且可默往[4]而見之."

至夜, 聲動如電, 黎明往示之, 有山頹于蘭若壓焉.

神來證曰：

"吾生幾千年, 威變最壯, 此何足怪!"

因諭曰：

"今師雖有自利, 而關[5]利他, 何不入中朝得法, 波及後徒?"

師曰：

"學道於中華, 固所願也, 海陸阻, 不能自達."

---

3 《교감》〈淺見倫太郎本〉에는 '居'로 되어 있다.
4 《교감》〈淺見倫太郎本〉에는 '住'로 되어 있다.
5 《교감》〈淺見倫太郎本〉에는 '關'로 되어 있다.

날이 밝자 법사가 가서 비구에게 고하였다.

"다른 곳으로 옮겨 해(害)를 피하는 것이 좋겠소. 그렇지 않으면 이롭지 못할 것이오."

비구가 대답하였다.

"지극한 수행은 마귀의 방해를 받지요. 어찌 요사스런 귀신의 말을 근심하십니까?"

이날 밤에 신이 와서 그의 대답을 물었다. 법사는 그가 진노할까 두려워 거짓으로 말하였다.

"아직 자세히 말하지 않았습니다. 어찌 감히 듣지 않겠습니까?"

신이 말하였다.

"내가 이미 그 사정을 자세히 아노니, 더 이상 말하지 말고 가서 보기만 하라."

밤이 되자 천둥이 치는 듯한 소리가 울렸다. 새벽에 가보니, 산이 무너져 암자를 덮쳐버렸다. 신이 와서 증언(證言)하였다.

"나는 거의 천년을 살았으니 위엄과 변화가 매우 뛰어나다. 이 일이 어찌 괴이하리오!"

인하여 다음과 같이 타일렀다.

"지금 법사는 비록 자리(自利)는 있으나 이타(利他)는 없으니, 중국에 들어가 불법(佛法)을 얻어 뒷사람들에게 전하지 않겠는가?"

법사가 말하였다.

"중국에서 불도를 배움은 진실로 바라는 바입니다. [그러나] 바다와 육지가 막혀 제 힘으로는 갈 수 없습니다."

於是, 神詳誘西遊之事, 乃以眞平王十一年, 春三月, 遂入陳, 遊歷講肆, 頁[6]牒微言, 傳稟成實·涅槃·三藏數論, 便投吳之虎丘, 攝想靑霄, 因信士請, 遂講成實, 企仰請益, 相接如鱗. 會隋兵入揚都, 主將望見塔火, 將救之, 祇見師被縛在塔前, 若無告狀, 異而釋之. 開皇間攝論肇興, 奉佩文言, 宣譽京皐.

勵業旣精, 道東須繼, 本朝上啓, 有勅放還, 眞平二十二年庚申隨朝聘使奈麻諸父·大舍橫川還國.

俄見海中異人出拜請曰:

"願師爲我刱寺, 常講眞詮, 令弟子得勝報也."

<hr>

이에 신이 상세히 중국 가는 방법을 일러주었다. 이에 진평왕(眞平王) 11년(599) 봄 3월에 진(陳)나라에 들어가 강원(講院)을 두루 다니며 미묘한 말을 해득하고 『성실론(成實論)』과 『열반론(涅槃論)』 등 삼장(三藏)의 여러 논(論)을 전해 받았다. 그리고 오(吳) 지역 호구산(虎丘山)에 가 머물며 마음을 세상 번뇌에서 벗어나게 했다. 신도들의 청에 의해 드디어 『성실론(成實論)』을 강론하였다. 신도들이 우러러 보고 더하기를 청하였고 많은 사람들이 모여들었다. 마침 수(隋)나라 병사들이 양도(揚都, 남경)에 들어왔는데, 그 주장(主將)이 탑의 불을 보고 끄려고 갔더니, 법사가 결박당한 채 탑 앞에 있었고 별다른 일이 없는 것 같아, 기이하게 여기며 풀어주었다. 개황(開皇)[7] 연산에 섭론종(攝論宗)이 비로소 일어나니, 경전의 아름다운 말을 받들어 간직하여, 그의 명성이 수나라 서울에 널리 알려졌다.

공적(功績)이 이미 정묘하게 되니, 불도(佛道)가 동쪽으로 이어지게 되었다. 신라에서 중국에 글을 올리니, [천자가] 칙명을 내려 돌아오게 하였다. 진평왕(眞平王) 22년 경신년(600)에 조빙사(朝聘使) 내마제보(奈麻諸父)와 대사횡천(大舍橫川)을 따라 돌아왔다.

별안간 바다 가운데서 이인(異人)이 나와 절을 하고 청하였다.

"법사는 저를 위해 절을 창건하고 항상 진전(眞詮)[8]을 강독하여 제자로 하여금 좋은 업보(業報)를 얻게 해주시기 바랍니다."

7　개황(開皇) : 수 문제(隋文帝)의 연호. 581~600.
8　진전(眞詮) : 진리를 나타낸 글귀. '불법(佛法)'을 뜻한다.

師頷之. 師往來累稔, 老幼相忻, 王亦面申虔敬, 仰若
能仁.

遂到三岐舊居. 午夜彼神來問:

"往返如何?"

辭曰:

"賴爾恩護, 凡百適願."

神曰:

"吾固不離扶擁, 且師與海龍結刱寺約, 其龍今亦偕來."

師問之曰:

"何處爲可?"

神曰:

"于彼雲門山, 當有群鵲啄地, 卽其處也."

詰旦, 師與神·龍偕歸, 果見其地, 卽崛地, 有石塔存
焉, 便刱伽藍, 額曰: 雲門, 而住之. 神又不捨冥衛.

법사는 고개를 끄덕였다. 법사가 왕래한 지 여러 해에 노인과 아이들이 서로 기뻐하였다. 왕 역시 대면하고는 공경하고 능인(能仁, 부처)처럼 우러러 보았다.

드디어 삼기산 옛 거처에 도착하였다. 자정에 그 신이 와서 물었다.

"왕래함이 어떠했는가?"

법사가 감사해 하며 말하였다.

"그대가 은혜를 베풀고 지켜주어 만사가 뜻대로 되었습니다."

신이 말하였다.

"네가 정말로 법사를 떠나지 않고 지켜주었도다. 법사는 해룡(海龍)과 절을 짓기를 약속했는데, 그 용도 지금 함께 왔도다."

법사가 물었다.

"어느 곳이 적당한가요?"

신이 말하였다.

"저 운문산(雲門山)⁹에 여러 까치들이 땅을 쪼는 곳이 있으니 바로 그곳이다."

다음날 아침 법사는 신(神)·용(龍)과 함께 가서 그곳을 보고 땅을 파니 석탑이 있었다. 절을 지어 '운문'이라 하고 그곳에 머물렀다. 신이 또한 보호를 그치지 않았다.

---

9   운문산(雲門山) : 경상북도 청도군 운문면과 경상남도 밀양시 산내면 경계에 있는 산.

一日神報曰：

"吾大期不久, 願受菩薩戒, 爲長往之資."

師乃授訖, 因結世世相度之誓, 又謂之曰：

"神形可得見乎?"

曰：

"可."

師遲明, 望東方, 大臂貫雲接天, 神曰：

"師見予臂乎? 雖有此身, 未免無相,[10] 常[11]於某日死於某地, 請來訣別."

師趁期往見, 一禿黑狸, 吸吸而斃, 卽其親[12]也.

西海龍女常隨聽講, 適有大旱, 師曰：

"汝幸雨境內."

對曰：

"上帝不許, 若我謾而必獲罪於天, 無所禱也."

---

10 《교감》〈淺見倫太郎本〉에는 '常'으로 되어 있다.
11 《교감》〈淺見倫太郎本〉에는 '當'으로 되어 있다.
12 《교감》〈淺見倫太郎本〉에는 '神'으로 되어 있다.

하루는 신이 다음과 같이 알렸다.

"나의 수명이 얼마 남지 않았으니, 보살계(菩薩戒)를 받아 저승길에 보탬이 되기를 바라노라."

법사가 이에 보살계를 주고 인하여 세세(世世)토록 서로 구제할 약속을 맺었다. 그리고 신에게 말하였다.

"신의 모습을 가히 볼 수 있겠습니까?"

신이 말하였다.

"좋다."

법사가 날이 밝기를 기다려 동쪽을 바라보니, 큰 팔뚝이 구름을 뚫고 하늘에 닿아있었다. 신이 말하였다.

"법사는 내 팔을 보았는가? 비록 이와 같은 몸이 있으나 무상(無常)함을 면할 수는 없다. 아무 날 아무 곳에서 죽을 것이니 청컨대 와서 전별하라."

법사가 그날에 가서 보니 털 빠진 검은 이리가 호흡을 가쁘게 쉬더니 죽어버렸다. 바로 그 신이었다.

서해(西海)의 용녀(龍女)는 항상 법사를 따라 강(講)을 들었다. 마침 큰 가뭄이 들자 법사가 말하였다.

"네가 이곳에 비를 내리게 하면 좋겠다."

용녀가 대답했다.

"상제(上帝)께서 허락하시지 않습니다. 제가 만일 그렇게 한다면 반드시 하늘에 죄를 얻어, 피할 수 없을 것입니다."

師曰：

“吾力能免矣.”

俄而南山隮朝[13]而雨. 時天雷震動之, 卽欲罰之, 龍告急, 師匿龍講狀[14]下之[15]講經.

天使來告曰：

“予受上帝命, 師爲逋逃者主苹, 不得成命, 奈何?”

師指庭中梨木曰：

“彼變爲此樹, 汝當擊之.”

遂梨而震去,[16] 龍乃出, 禮謝,[17] 以其木代己受罰, 引手撫之, 其樹卽蘇.

---

13 《교감》 ‘隮朝’는 〈淺見倫太郎本〉에는 ‘朝隮崇朝’로 되어 있다. 『시경(詩經)·용풍(鄘風)』 〈체동(蝃蝀)〉에 “朝隮于西, 崇朝其雨”라는 구절이 있고, 『시경·조풍(曹風)』 〈후인(候人)〉 “薈兮蔚兮 南山朝隮”에 “朝隮, 雲氣昇騰也”라는 주석이 있다.

14 《교감》〈淺見倫太郎本〉에는 ‘床’으로 되어 있다.

15 《교감》〈淺見倫太郎本〉에는 ‘之’가 없다.

16 《교감》〈淺見倫太郎本〉에는 ‘遂震梨而去’로 되어 있다.

17 《교감》〈淺見倫太郎本〉에는 ‘謝禮’로 되어 있다.

법사가 말하였다.

"내 힘으로 죄를 면하게 할 수 있다."

어느덧 아침이 되자 남산에 구름이 모이고 비가 내렸다. 이때 하늘에 천둥과 번개가 일어났으니, 즉 그녀를 벌주려는 것이었다. 용녀가 위급함을 고하자 법사는 용녀를 강상(講牀)에 숨기고 경전을 강(講)했다.

천사(天使)가 와서 고했다.

"저는 상제의 명령을 받았는데, 법사께서 도망하는 자를 위하시므로, 명을 이루지 못하겠습니다. 어찌합니까?"

법사는 뜰의 배나무를 가리키며 말하였다.

"그것이 변하여 이 나무가 되었으니 너는 이것을 치라."

천사가 나무에 벼락을 치고 갔다. 이에 용녀가 나와서 감사를 표하고, 자기를 대신해 벌을 받은 나무를 손으로 어루만지자, 나무가 소생하였다.

眞平王三十年, 王患高句麗屢侵封彊, 欲請隋兵, 以征敵國, 命師修乞師表.

師曰:

"求自存而滅他, 非沙門之行也. 然貧道在大王之土地, 費大王之衣食, 敢不惟命是從!"

乃述以聞.

師性虛閑, 情多汎愛, 言常含笑, 慍結不形, 爲牋表啓, 書幷出自胸襟, 擧國傾奉, 委以詔[18]方, 乘機敷化, 垂範後代.

진평왕 30년(608)에 왕은 고구려가 여러 차례 국경을 침입하는 것을 근심하여 수(隋)나라 군대를 청하여 적국을 토벌하고자, 법사에게 걸사표(乞師表)[19]를 지으라고 하였다.

법사가 말하였다.

"자기는 보존하고 남을 멸하기를 구하는 것은 사문(沙門)[20]이 행할 바가 아닙니다. 그러나 제가 대왕의 영토에 거하고 대왕의 의식(衣食)을 소비하고 있으니 감히 명을 따르지 않겠습니까."

이에 명을 따라 글을 지어 올렸다.

법사는 욕심이 없고 한아하며 정이 많고 널리 사랑하는 마음이 있어, 말할 때면 항상 미소를 머금고 화를 내지 않았다. 전·표·계(牋表啓)를 작성할 때는 가슴 속에서 우러나왔다. 온 나라 사람들이 마음을 다해 떠받들었고, 다스리는 방법을 맡기니 기회를 타 교화를 펴서 후대에 모범을 남겼다.

---

19 걸사표(乞師表) : 병사를 요청하기 위해 임금에게 올리는 글.
20 사문(沙門) : ⑤ Śramaṇa의 음역. 부지런히 모든 좋은 일을 닦고 나쁜 일을 일으키지 않는다는 뜻으로, 불문에 들어가서 도를 닦는 사람을 이르는 말.

三十五年, 皇龍寺設百坐會, 邀集福田, 講經, 師爲上
首. 常僑居加悉寺, 講演眞詮. 沙梁部貴山·箒頂[21]詣門
摳衣告曰：

"俗士頑蒙, 無所知識, 願賜一言, 爲終身之戒."

師曰：

"有菩薩戒, 其別有十, 若等爲人臣子, 恐不能行, 今有
世俗五戒, 一曰：事君以忠, 二曰：奉親爲孝, 三曰：交友
爲信, 四曰：臨戰不退, 五曰：殺生有擇, 若等行之, 毋忽."

貴山曰：

"他則旣受命矣, 但不曉殺生有擇."

---

21 《교감》『삼국사기』에는 '箒項'으로 되어 있다.

35년(613)에 황룡사(黃龍寺)에서 백좌회(百座會)를 마련하고 복전(福田)[22]에 모아 경전을 강(講)하는데, 법사가 윗자리를 차지했다. 항상 가실사(加悉寺)[23]에서 거처하면서 불법을 강연하였다. 사량부(沙梁部)의 귀산(貴山)과 추항(箒項)이 찾아와서 인사를 드리고 고하였다.

"속세 선비가 어리석어 아는 바가 없으니, 바라건대 한 말씀 해 주시면 평생의 훈계로 삼겠습니다."

법사가 말하였다.

"보살계가 있으니 분별하면 열 가지가 되지만, 너희들은 신하가 되었으니 실행하지 못할 것이다. 이제 세속오계가 있으니, 하나는 임금 섬김을 충성으로써 함이요, 둘은 부모 모심을 효로써 힘이요, 셋은 친구 사귐을 신의로써 함이요, 넷은 싸움에 임하여 물러섬이 없음이요, 다섯은 살생을 가려서 함이라. 너희들은 이것을 행하여 소홀히 하지 마라."

귀산이 말하였다.

"다른 것들은 명을 받들겠습니다만 살생을 가려서 하라는 말씀은 깨닫지 못하겠습니다."

---

22 복전(福田) : 법력이 있는 여래나 비구 등에게 공양하면, 복이 됨이 마치 농부가 밭에 씨를 뿌린 다음에 수확하는 것과 같다는 뜻으로 일컫는 말.
23 가실사(加悉寺) : 가슬갑사(嘉瑟岬寺). 경상북도 청도군 운문산(雲門山)에 있던 절.

師曰：

“春夏月及六齋日不殺, 是擇時也. 不殺使畜, 謂牛馬鷄犬, 不殺細物, 謂肉不足一臠, 是擇物也. 過此椎[24]其所用, 但不求多殺, 此可謂世俗之善戒.”

貴山等守而勿墮.

後國王染患, 醫治不損, 請師說法, 入宮安置, 或講或說, 王誠心信奉. 初夜見師首領金色如日輪, 宮人共覩, 王疾立效. 法臘旣高, 乘輿入內, 衣服藥石, 幷是王手自營, 用希專福. 襯施之資, 捨充營寺, 惟餘衣鉢, 以此盛宣正法, 誘掖道俗.

---

24 《교감》〈淺見倫太郎本〉에는 '雖'라고 되어 있는 것을 '惟'로 교정해 놓았다.

법사가 말하였다.

"봄·여름철과 육재일(六齋日)에는 살생을 하지 않으니, 이는 때를 가림이라. 부리고 기르는 생물을 죽이지 않으니, 소와 말과 닭과 개를 이름이라. 작은 생물을 죽이지 않으니, 고기 한 점도 되지 않음이라. 이것이 생물을 가리는 것이다. 이외에는 비록 쓸 데 있다 하더라도 다만 많이 죽이지는 말아야 한다. 이것을 세속의 좋은 경계라 한다."

귀산 등이 그 계율을 지키고 어기지 않았다.

후에 국왕이 병에 걸렸는데, 의원들이 치료하지 못했다. 법사에게 설법하기를 청하여 궁에 모셨다. 법사는 경을 외거나 설법을 하였고, 왕은 진심으로 신봉하였다. 첫날밤에 법사의 머리에 금색으로 해처럼 둥근 모양이 걸린 것을 보았는데, 궁인들이 함께 보았다. 왕의 병이 금방 나았다. 법사의 법랍(法臘)[25]이 이미 높아 가마를 타고 궁 안으로 드나들었다. 의복과 약석(藥石)[26]들을 왕이 모두 손수 마련하였으니 혼자서 복 받기를 바라서였다. 받은 재물들을 희사하여 절을 짓는 데 충당하고, 오직 옷과 바리때만을 남겼다. 이렇게 함으로써 바른 법을 펼치고, 도속(道俗)[27]을 이끌어 도왔다.

25　법랍(法臘) : 승려의 나이. '랍(臘)'은 12월에 신에게 제사하는 것으로, 세말(歲末)을 일컫는다. 비구는 세속과 달라 안거(安居)의 제도에 의하여 음력 7월 15일을 연말로 하고, 안거를 마친 횟수에 의하여 나이를 센다. 좌랍(坐臘), 하랍(夏臘), 법세(法歲)라고도 한다.

26　약석(藥石) : 약재(藥材)의 총칭.

27　도속(道俗) : 출가자(出家者)와 재가자(在家者).

將終之際, 王親執慰, 囑累遺法兼濟斯民, 爲說徵詳.[28]
建福五十八年, 不豫經七日遺誡, 清切端坐, 終于所住皇
龍寺東北虛中, 音樂盈空, 異香充院. 合國悲慶, 葬具羽
儀, 同於王禮. 春秋九十九, 卽貞觀四年也.

後有兒胎死者, 聞諺傳埋于有德墓側, 子孫不絶, 乃私
瘞之, 卽日震胎屍, 擲于塋外.

三岐山浮圖至今存焉.

—『海東高僧傳』卷2

---

28 《교감》『속고승전(續高僧傳)』에는 '祥'으로 되어 있다.

입적(入寂)할 즈음 왕이 친히 손을 잡고 위로하며, 불법을 남기고 백성을 구제할 것을 부탁하니, 이에 상서(祥瑞)를 말하였다. 건복(建福)[29] 58년에 병이 난 지 7일 만에 훈계를 남기고 청절(淸切)하게 단정히 앉아서, 거처하던 황룡사 동북쪽 한적한 곳에서 입적하였다. 이때 음악이 허공에 가득했고, 기이한 향기가 사원에 충만했다. 나라 전체가 슬퍼하면서도 이적(異蹟)을 경사스럽게 여겼다. 장례 도구와 의식이 왕의 예법과 같았다. 향년 99세로, 정관(貞觀) 4년(630)이었다.

후에 뱃속에서 죽은 아이가 있었는데, [부모가] 덕 있는 사람의 묘 옆에 묻으면 자손이 끊어지지 않는다는 말을 듣고 사사로이 법사의 무덤 옆에 묻었다. 그날 시체에 벼락이 쳐서 무덤 밖으로 던져졌다.

삼기산의 부도(浮圖)는 지금도 전해진다.

—『해동고승전』권2

---

29 건복(建福) : 신라 진평왕의 연호. 584~633.

寶攘[1]梨木

釋寶壤傳不載鄉井氏族.

謹按淸道郡司籍, 載天福八年癸酉【太祖卽位第二十六年也】正月日, 淸道郡界里審使順英大乃末水文等柱貼公文, 雲門山禪院長生, 南阿尼岾, 東嘉西峴【云云】, 同藪三剛[2]典主人寶壤和尙, 院主 玄會長老, 貞[3]座 玄兩上座, 直歲 信元禪師【右公文, 淸道郡都田帳傳准】

---

1 《교감》 '攘'은 '壤'의 오자.
2 《교감》 '剛'은 '綱'의 오자.
3 《교감》 '貞'은 '典'의 오자.

보양과 배나무

승려 보양(寶壤)의 전기에 고향과 씨족에 대해서는 실려 있지 않다. 청도군사(淸道郡司)[4]의 적(籍, 문서)을 살펴보면 다음과 같다.

"천복(天福)[5] 8년(943) 계유년[6] — 태조(太祖) 즉위 26년 — 정월에 청도군 계리심사(界里審使)[7] 순영(順英)과 대내말(大乃末), 수문(水文) 등의 주첩(柱貼)[8] 공문(公文)에, 운문산 선원(雲門山禪院) 장생(長生)[9]은 남쪽으로는 아니점(阿尼岾), 동쪽으로는 가서현(嘉西峴) — 생략 — 이고, 이 절의 삼강전주인(三綱典主人)[10]은 보양화상(寶壤和尙)이요, 원주(院主)[11]는 현회 장로(玄會長老), 전좌(典座)[12]는 현량 상좌(玄兩上座), 직세(直歲)[13]는 신원 선사(信元禪師)이다." — 위 공문은 청도군의 「도전장(都田帳)」을 전준(傳准)[14]한 것이다.

---

4 청도군사(淸道郡司) : 청도는 경상북도에 있는 군. 군사는 각 군(郡)의 호장(戶長)이 집무하던 장소.
5 천복(天福) : 후진(後晋) 고제(高祖)의 연호. 936~943.
6 《교감》 계유년 : 『동양연표』에 의하면 계묘년(癸卯年).
7 계리심사(界里審使) : 지역의 경계를 관리하는 관직.
8 주첩(柱貼) : 어떤 사안에 대해 정리해 놓은 문서. 柱는 作의 뜻.
9 장생(長生) : 장승. 이수(里數)를 표시하는 표목(標木) 위에 사람의 얼굴을 새겨 5리 또는 10리마다 세웠다.
10 삼강전주인(三綱典主人) : 사찰의 관리나 규율을 뜻하는 삼강(三綱)을 맡은 사람. 삼강(三剛)은 세 가지 승직(僧職), 곧 승정(僧正), 승도(僧都), 율사(律師) 또는 상좌(上佐), 사주(寺主), 유나(維那)를 말한다.
11 원주(院主) : 절의 살림을 맡은 승려.
12 전좌(典座) : 대중의 와구(臥具), 식사 등을 주장하는 승려.
13 직세(直歲) : 절의 일을 맡은 소임 중의 하나. '직(直)'이란 맡는다는 말로서 한 해 동안 절의 모든 일을 맡아보는 소임.

又開運三年丙辰, 雲門山禪院長生標塔公文一道, 長生十一, 阿尼岾‧嘉西峴‧畝峴‧西北買峴【一作面知村】‧北猪足門等.

又庚寅年, 晋陽府貼, 五道按察使, 各道禪敎寺院始創年月形止, 審撿成籍時, 差使員東京掌書記李僐, 審檢記載.

14 전준(傳准) : 관에서 개인의 재산에 대한 소유권을 인증(認證)하여 줌.

또 개운(開運)[15] 3년 병진년[16](946)의 운문산선원 장생표탑(長生標塔)에 관한 공문(公文) 한 통을 보면, "장생(長生)이 열하나인데, 아니점(阿尼岾), 가서현(嘉西峴), 무현(畝峴), 서북매현(西北買峴) ― 혹은 면지촌(面知村)으로 되어 있다 ― 북저족문(北猪足門) 등이다"라고 했다.

또 경인년의 진양부첩(晋陽府貼)[17]에는, "5도(道) 안찰사(按察使)[18]가 각 도의 선종(禪宗)[19]과 교종(敎宗)[20]의 사원이 처음 세워진 연월(年月)과 그 모양, 장소를 자세히 조사해서 문서에 기록할 때, 차사원(差使員)[21] 동경 장서기(東京掌書記)[22] 이선(李僊)이 자세히 조사하여 적었다"라고 했다.

---

15 개운(開運) : 오대(五代)시대의 후진(後晉) 출제(出帝, 石重貴)의 연호, 944~946.

16 《교감》 병진년 : 『동양연표』에 의하면, 개운(開運) 3년은 병오년이다.

17 진양부첩(晋陽府貼) : 진양은 진주의 옛 이름. 첩(貼)은 관아에서 동급이나 하급 관아에 보내는 문서.

18 안찰사(按察使) : 고려 최고 지방행정구획인 5도의 장관. 각 도의 군사를 장악하고, 농업의 감찰과 굶주린 백성을 구제하는 일 등을 맡아 하였다.

19 선종(禪宗) : 직관적인 종교체험으로서 선(禪)을 중시하는 불교 종파.

20 교종(敎宗) : 화엄종(華嚴宗) · 법상종(法相宗) 등 교학(敎學)을 중시하는 불교 종파.

21 차사원(差使員) : 중요한 사무를 위해 임시로 중앙에서 파견하는 직원.

22 동경 장서기(東京掌書記) : 동경은 경주를 가리키고, 장서기는 기록을 담당한 관원임을 뜻한다.

正豊六年辛巳【大金年號　本朝毅宗卽位十六年也】九月，郡中古籍裨補記准，淸道郡前副戶長·禦侮副尉李則楨戶在右[23]人消息及諺傳記載，致仕上戶長金亮辛，致仕戶長旻育，戶長同正尹應前·其人珍奇等，與時上戶長用成等言語．時太守李思老·戶長亮辛，年八十九，餘輩皆七十已上，用成年六十已上【云云次不准】．

정풍(正豊)[24] 6년 신사년(1161) — 금나라 연호로, 본조(本朝) 의종(毅宗)[25]이 즉위한 지 16년이다 — 9월, 군(郡)의 옛 서적을 보충하는 자료에 따르면, 청도군 전 부호장(前副戶長)[26] 어모부위(禦侮副尉)[27] 이칙정(李則楨)의 집에 있는 옛 사람들의 소식 및 우리말로 전해 오는 기록에는, 벼슬에서 물러난 상호장(上戶長)[28] 김량신(金亮辛)과 벼슬에서 물러난 호장(戶長)[29] 민육(旻育), 호장(戶長) 동정(同正)[30] 윤응전(尹應前), 기인(其人)[31] 진기(珍奇) 등과 당시 상호장(上戶長) 용성(用成) 등의 말이 적혀 있다. 당시에 태수(太守)[32] 이사로(李思老)와 호장(戶長) 김량신(金亮辛)은 나이 89세였고, 나머지 사람들은 모두 70세 이상이었으며, 용성(用成)이 나이 60 이상 — 중략, 다음부터는 참고하지 않는다 — 이었나.

---

24 정풍(正豊) : 금(金) 해릉왕(海陵王)의 연호인 정륭(正隆). 고려 태조의 이름을 휘(諱)한 것이다. 간지로는 대정(大定) 원년(1161)이 된다.
25 의종(毅宗) : 고려 제18대 왕. 재위 1146~1170.
26 전 부호장(前副戶長) : 전임 부호장. 부호장은 고려시대의 향직(鄕職). 호장(戶長) 아래 관직으로, 대등(大等)을 고친 이름이다.
27 어모부위(禦侮副尉) : 고려시대 무산계(武散階)의 종8품 하(下)의 관직.
28 상호장(上戶長) : 고려시대 향직(鄕職)의 우두머리인 호장(戶長)의 하나. 고려 의종(毅宗) 이전에 설치된 것으로, 일명 수호장이라 하였다. 중앙집권화정책이 강화되면서 다수의 호장들을 포함한 향리들을 보다 효과적으로 통제하기 위한 필요에서 설치되었다.
29 호장(戶長) : 고려시대 향직(鄕職)의 우두머리. 고려 태조 때 신라시대 이래로 지방 세력의 억제책으로 성주(城主)나 호족(豪族)에게 호장, 부호장의 향직을 준 데서부터 시작한다.
30 동정(同正) : 일정한 직임(職任)이 없는 산직(散職).
31 기인(其人) : 지방 유력자로서 중앙에 뽑혀 와서 볼모로 있으면서 그 고을 행정의 고문을 맡아 보던 사람.
32 태수(太守) : 지방을 다스리는 관리. 수령.

羅代已來, 當郡寺院, 鵲岬已下中小寺院, 三韓亂亡間, 大鵲岬·小鵲岬·所寶岬·天門岬·嘉西岬等, 五岬皆亡壞, 五岬柱合在大鵲岬.

祖師知識[上文云寶壤], 大國傳法來還, 次西海中, 龍邀入宮中念經, 施金羅袈裟一領, 兼施一子璃目, 爲侍奉而追之. 囑曰:

"于時三國擾動, 未有歸依佛法之君主, 若與吾子歸本國, 鵲岬創寺而居, 可以避賊. 抑亦不數年內, 必有護法賢君出, 定三國矣."

신라시대 이래로 이 청도군의 절 작갑사(鵲岬寺)[33]와 그 이하의 크고 작은 사원들은 삼한(三韓)이 난리로 망하는 사이에 대작갑사(大鵲岬寺),[34] 소작갑사(小鵲岬寺),[35] 소보갑사(所寶岬寺),[36] 천문갑사(天門岬寺),[37] 가서갑사(嘉西岬寺)[38] 등 다섯 갑사(岬寺)[39]는 모두 무너져 내려서 다섯 갑사의 기둥을 대작갑사(大鵲岬寺)에 모아 두었다.

조사(祖師)[40] 지식(知識) ― 윗글에는 '보양(寶壤)'이라 했다 ― 이 중국에서 불법을 전해 받아 돌아오는 길에 서해(西海) 가운데 이르니, 용(龍)이 그를 용궁으로 맞아들여 불경을 외게 하더니 금빛 비단 가사(袈裟) 한 벌을 주고, 겸하여 아들 이목(璃目, 이무기)을 내주면서 조사(祖師)를 모시고 따르게 했다. 그러면서 다음과 같이 부탁하였다.

"지금 삼국(三國)이 시끄러워서 아직은 불법(佛法)에 귀의하는 군주가 없지만, 만일 내 아들과 함께 본국으로 돌아가서 작갑(鵲岬)에 절을 짓고 거처하면 적병(賊兵)을 피할 수 있을 것입니다. 또한 몇 년 지나지 않아서 반드시 불법을 보호하는 어진 임금이 나와 삼국을 평정할 것입니다."

33 작갑사(鵲岬寺) : 경상북도 청도군 운문산(雲門山) 운문사(雲門寺)의 옛 이름.
34 대작갑사(大鵲岬寺) : 경상북도 청도군 운문산(雲門山) 중앙에 있던 절.
35 소작갑사(小鵲岬寺) : 경상북도 청도군 운문산 서쪽에 있는 절. 현재 대비사(大悲寺).
36 소보갑사(所寶岬寺) : 경상북도 청도군 운문산 북쪽에 있던 절.
37 천문갑사(天門岬寺) : 경상북도 청도군 운문산 남쪽에 있던 절.
38 가서갑사(嘉西岬寺) : 가슬갑사(嘉瑟岬寺). 경상북도 청도군 운문산 동쪽에 있던 절.
39 갑사(岬寺) : 산허리에 있는 절.
40 조사(祖師) : 한 종파를 세우고 종지(宗旨)를 열어 주장한 사람.

言訖, 相別而來還. 及至茲洞, 忽有老僧, 自稱圓光, 抱印櫃而出, 授之而沒.【按, 圓光以陳末入中國, 開皇間東還, 住嘉西岬, 而沒於皇隆.[41] 計至清泰之初, 無慮三百年矣. 今悲嘆諸岬皆廢, 而喜見壤來而將興. 故告之爾】

於是壤師將興廢寺, 而登北嶺望之, 庭有五層黃塔, 下來尋之則無跡. 再陟望之, 有群鵲啄地. 乃思海龍鵲岬之言, 尋掘之, 果有遺塼無數. 聚而蘊崇之, 塔成而無遺塼, 知是前代伽藍墟也. 畢創寺而住焉, 因名鵲岬寺. 未幾, 太祖統一三國. 聞師至此, 創院而居, 乃合五岬田, 束五百結, 納寺, 以清泰四年丁酉, 賜額曰:雲門禪寺, 以奉袈裟之靈蔭.

---

41 《교감》'隆'은 '龍'의 오자.

말을 마치자 서로 작별하고 돌아왔다. 이 골짜기에 이르자, 홀연 늙은 중이 나타나 스스로 원광(圓光)이라 하면서 도장이 든 궤를 안고 나와 조사(祖師)에게 주고서는 이내 없어졌다. ― 살펴보건대 원광은 진(陳)의 말년에 중국에 들어갔다가 개황(開皇) 연간에 돌아와, 가서갑(嘉西岬)에서 살다가 황룡사(皇龍寺)에서 세상을 떠났으니, 계산한다면 청태(淸泰)[42] 초년까지는 무려 삼백 년이나 된다. 이제 여러 갑사(岬寺)가 모두 없어진 것을 슬퍼하다가 보양이 와서 장차 흥할 것을 보고 기뻐서 그에게 알렸을 것이다.

이에 보양법사는 폐허가 된 절을 일으키려 하여 북쪽 고개에 올라가서 바라보니, 뜰에 노란 색의 오층탑이 있었는데, 내려가서 찾아보니 아무런 자취도 없었다. 다시 올라가서 바라보니 까치 떼가 땅을 쪼고 있었다. 그래서 바다의 용이 작갑(鵲岬)이라고 한 말을 생각하고, 그곳으로 찾아가서 파보니 과연 벽돌이 무수히 나왔다. 벽돌들을 모아 쌓아올리니 탑이 이루어졌고 남은 벽돌이 하나도 없게 되니 이곳이 예전의 절터임을 알았다. 마침내 절을 세우고 머물렀다. 이런 연유로 인하여 이름을 작갑사(鵲岬寺)라고 했다. 얼마 후에 태조(太祖)[43]가 삼국을 통일했다. 보양법사가 이곳에 와서 절을 짓고 산다는 말을 듣고, [예전의] 다섯 고개의 밭을 합해서 500결(結)을 묶어 이 절에 바치고서, 청태(淸泰) 4년[44] 정유년(937)에는 이름을 하사하여 운문선사(雲門禪寺)라 하고, 가사(袈裟)의 신령스러운 음덕(蔭德)[45]을 받들었다.

---

42 청태(淸泰) : 후당(後唐) 폐제(廢帝)의 연호. 934~935.
43 태조(太祖) : 고려 제1대 왕. 재위 918~943.
44 《교감》 청태(淸泰)는 2년까지만 있다.
45 음덕(蔭德) : 음덕(陰德). 음덕은 조상의 덕 또는 세상에 알려지지 않은 덕행을 말한다.

璃目常在寺側小潭, 陰騭法化. 忽一年亢旱, 田蔬焦槁. 壤勅璃目行雨, 一境告足. 天帝將誅不識, 璃目告急於師. 師藏於床下, 俄有天使到庭, 請出璃目. 師指庭前梨木, 乃震之而上天. 梨木萎摧, 龍撫之卽蘇【一云師呪之而生】. 其木近年倒地, 有人作楗椎, 安置善法堂及食堂, 其椎柄有銘.

初師入唐廻, 先止于推火之奉聖寺, 適太祖東征至淸道境. 山賊嘯聚于犬城【有山岑臨水峭立, 今俗惡其名, 改云犬城】, 驕傲不格. 太祖至于山下, 問師以易制之述.

이목은 항상 절 옆에 있는 작은 못에 살면서 불법의 교화(教化)를 음(陰)으로 돕고 있었다. 홀연 어느 해에 몹시 가물어서 밭의 채소가 모두 타고 말라버렸다. 보양이 이목을 시켜 비를 내리게 하니 일대가 모두 흡족해 했다. 자기 본분을 모른다고 천제(天帝)가 처벌하려 하니 이목이 법사에게 위급함을 고했다. 법사가 이목을 침상 밑에 숨기자, 이윽고 천사(天使)가 뜰에 와서 이목을 내놓으라고 청했다. 법사가 뜰 앞의 이목(梨木, 배나무)를 가리키자, 천사는 그것에 벼락을 치고 하늘로 올라갔다. 배나무가 시들었는데, 용이 쓰다듬으니 곧 되살아났다. ― 혹은 법사가 주문을 외워서 살아났다고 한다. ― 그 나무는 근년에 와서 땅에 쓰러졌는데, 어떤 사람이 문빗장으로 만들어서 선법당(善法堂)[40]과 식당에 안치하였나. 그 빗장 자루에는 명(銘)[47]이 있었다.

처음에 스님이 당나라에 갔다가 돌아와서 먼저 추화(推火)[48]에 있는 봉성사(奉聖寺)에 머물렀는데, 마침 태조가 동쪽을 정벌해서 청도(淸道) 지역까지 이르렀다. 산적들이 견성(犬城) ― 산봉우리가 물을 굽어보면서 가파르게 서있는데, 지금 민간에서 그 이름을 싫어하여 [이름을] 견성이라고 고쳤다고 한다 ― 에 모여 시끄러웠는데, 교만하고 방자하여 (악행을) 고치지 않았다. 태조가 산 밑에 이르러 법사에게 산적들을 쉽게 물리칠 방법을 물었다.

---

46 선법당(善法堂) : 강당. 원래는 수미산 꼭대기의 희견성(喜見城) 밖에 있는 제석천의 강당으로, 33신(神)들이 이곳에 모여 진리를 논한다고 한다.
47 명(銘) : 그릇이나 물건에 새겨 스스로를 경계하거나, 혹은 묘비 등에 새겨 그 사람의 공덕을 찬양하는 글을 말한다.
48 추화(推火) : 경상도 밀양(密陽).

師答曰：

"夫犬之爲物, 司夜而不司晝, 守前而忘其後, 宜以晝擊其北."

祖從之, 果敗降. 太祖嘉乃神謀, 歲給近縣租五十碩, 以供香火. 是以寺安二聖眞容, 因名奉聖寺. 後遷至鵲岬, 而大創終焉.

師之行狀, 古傳不載. 諺云："與石崛備虛師【一作毗虛】, 爲昆弟, 奉聖·石崛·雲門三寺, 連峯櫛比, 交相往還爾."

법사가 대답하였다.

"무릇 개는 그 성질이 밤을 지키되 낮은 지키지 않으며, 앞을 지키되 그 뒤는 잊게 되어 있습니다. 마땅히 낮에 그 북쪽으로 쳐들어가면 될 것입니다."

태조가 그 말에 따르니 과연 산적들이 패하여 항복했다. 태조가 그 신묘한 계책을 가상히 여겨서 매년 가까운 고을의 조세 50석을 주어 향화(香火)[49]를 받들게 했다. 이로써 절에 두 성인[50]의 진용(眞容, 초상화)를 모시고, 절 이름을 '봉성사'라고 했다. 후에 법사는 작갑(鵲岬)으로 옮겨서 크게 법을 일으키고 세상을 마쳤다.

법사의 행장(行狀)[51]은 옛 전기에 실려 있지 않고, 말로 전해지기를, "[보양은] 석굴사(石崛寺)[52]의 비허사(備虛師) ― 혹은 비허(毗虛)라고 되어 있다 ― 와 형제가 되었다. 봉성(奉聖), 석굴(石崛), 운문(雲門) 세 절이 연이은 산봉우리에 늘어서 있었기 때문에 서로 왕래했다"고 한다.

---

49 향화(香火): 의식 때 올리는 향불. 제사의 별칭.
50 두 성인은 고려 태조와 보양을 가리킨다.
51 행장(行狀): 사람이 죽은 뒤에 그 평생에 지낸 이력과 업적을 기록한 글.
52 석굴사(石崛寺): 경상북도 청도군 운문산(雲門山)에 있던 절.

後人改作新羅異傳, 濫記鵲塔璃目之事于圓光傳中,
系犬城事於毗虛傳, 旣謬矣. 又作海東僧傳者, 從而潤
文, 使寶壤無傳, 而疑誤後人, 誣妄幾何.

—『三國遺事』卷4「義解」

뒷사람이 『신라이전(新羅異傳)』[53]을 고쳐 지으면서 작갑사(鵲岬寺) 탑과 이목의 일을 원광의 전기 속에 함부로 기록해 넣고, 견성(犬城)의 일을 비허(毗虛)의 전기에 묶어 버렸으니, 잘못이다. 그런데다가 『해동승전(海東僧傳)』을 지은 사람도 따라서 글을 윤색하여 보양의 전기가 없어지게 했다. 뒷사람들을 의심하고 그르치게 하였으니, 얼마나 잘못된 것인가.

—『삼국유사』 권4 「의해」

53 신라이전(新羅異傳):『신라수이전』을 말하는 듯하다.

敏藏寺

禺金里貧女寶開, 有子名長春. 從海賈而征, 久無音
耗. 其母就敏藏寺【寺乃敏藏角干捨家爲寺】觀音前, 克祈七日,
而長春忽至. 問其由緒, 曰：

"海中風飄舶壞, 同侶皆不免. 予乘隻板, 歸泊吳涯. 吳
人收之, 俾耕于野. 有異僧如鄉里來. 予慰勤勤, 率我同
行, 前有深渠, 僧掖我跳之, 昏昏間如聞鄉音與哭泣之
聲, 見之乃已屆此矣."

日晡時離吳, 至此纔戌初. 卽天寶四年乙酉四月八日
也. 景德王聞之, 施田於寺, 又納財幣焉.

—『三國遺事』卷3「塔像」

민장사

　우금리(禺金里)에 사는 가난한 여인 보개(寶開)에게 아들이 있었는데, 이름은 장춘(長春)이었다. 그는 바다로 장사하러 나갔는데 오래도록 소식이 없었다. 그 어머니는 민장사(敏藏寺) — 민장(敏藏) 각간(角干)[1]이 집을 내놓아 절이 된 것이다 — 관음 앞에 가서 7일 동안 기도를 드리자 장춘이 홀연 나타났다. 그 사연을 물으니 다음과 같이 말하였다.

　"바다 가운데 태풍이 불어 배가 부서지고 동료들은 모두 죽었습니다. 저는 판자조각을 타고 오(吳)나라 해안가에 이르게 되었습니다. 오나라 사람들은 저를 거두어 들판에서 밭을 갈게 하였습니다. 고향에서 온 듯한 기이한 스님이 있었는데 저를 애써 위로했답니다. 저를 이끌고 동행하더니 앞에 깊은 도랑이 나타나자 스님은 저를 끼고 뛰어 넘었습니다. 어릿어릿한 가운데 고향 말소리와 우는 소리가 들리는 것 같아 살펴보니 이미 여기에 이른 것입니다."

　포시(晡時)[2]에 오나라를 떠나 여기에 이른 것이 겨우 술시(戌時, 오후 8시) 초였다. 즉 천보(天寶) 4년 을유년(745) 4월 8일이었다. 경덕왕(景德王)[3]이 듣고 절에 밭을 보시하고 재화와 폐물을 헌납했다.

—『삼국유사』권3「탑상」

1　각간(角干) : 신라 최고 관위(官位)인 이벌찬(伊伐湌)의 다른 이름.
2　포시(晡時) : 신시(申時), 오후 4시.
3　경덕왕(景德王) : 신라 제35대 왕. 재위 742~765.

黑風吹其船舫

新羅時有女, 名寶開, 居王京隅金坊. 有一子, 名長春, 隨商舶, 泛海而去, 過期不知所之. 朝夕思念, 至於憔悴, 幸聞普門示顯神通之力, 假使黑風吹其船舫, 漂墮羅刹鬼國, 稱其名故, 即得解脫, 便生深信, 就敏藏寺觀音像前, 約一七日, 精勤祈禱. 至七日忽感, 長春執母手, 驚喜哭泣. 寺衆怪問所由, 春曰:

"離家泛海, 忽値惡風, 同船之人, 皆葬魚腹, 余獨乘一板, 至於吳. 吳人收之, 奴使之耕於野田, 忽有異僧來謂曰:

'憶汝國乎?'

余即跪曰:

'有老母在, 憶戀无極.'

僧曰:

'若欲見汝母, 隨我而來.'

흑풍이 배를 불어제끼다

신라 때 '보개(寶開)'라는 여자가 서울 우금방(隅金坊)에 살았다. 보개에게는 '장춘(長春)'이라는 자식이 있었는데, 상선(商船)을 따라 바다로 나가서는 기한이 넘어도 거처를 알지 못했다. 아침저녁으로 걱정하다보니 초췌해졌다.

다행히 보문시현(普門示顯)[1]의 신통력에 대해 들으니, 흑풍(黑風)이 배를 몰아가 지옥에 떨어뜨린다고 하여도 그 이름을 부르면 즉시 벗어나게 된다고 하였다. 이에 믿음이 생겨서 민장사(敏藏寺) 관음상(觀音像) 앞으로 가서 17일 동안 힘써 기도할 것을 약속하였다. 7일이 되자 홀연 감응이 있어, 장춘이 어머니 손을 잡으니, 놀라고 기뻐하며 울음을 터뜨렸다.

절에 있는 사람들이 괴이하게 여겨 이유를 묻자 장춘이 말하였다.

"집을 떠나 바다로 갔다가 홀연 사나운 바람을 만나 같이 배에 탄 사람들 모두 물고기 밥이 되었고, 저만 판자 하나에 의지하여 오(吳) 지역에 이르렀습니다. 오 지역 사람이 저를 거두어 밭에서 일하게 하였는데, 홀연 기이한 스님이 와서는 '네 나라를 기억하느냐?'고 말했습니다. 저는 무릎을 꿇고 '노모가 계시니 그리움이 끝이 없습니다'라고 말했습니다. 스님은 '모친을 보고 싶으면 나를 따라 오라'

---

1   보문시현(普門示顯) : 불보살(佛菩薩)이 중생의 근기에 맞게 여러 가지 몸으로 나타나 제도함을 가리킨다.

言訖東行. 余隨之, 有一渠, 僧乃執手超之, 昏昏如夢, 忽聞羅語, 到此敏藏寺像前. 雖審知我母, 猶疑夢中矣."

卽寺天寶四年乙酉四月八日申時離吳, 戌時到此堂中.

景德王聞而敬重, 優頒信賄, 永充供養. 每於月生八日, 幸寺禮讀, 永爲定式.

寶開與長春約結鄰里淸信士女, 特成金字蓮經一部, 每至春三月, 爲立道場, 敷宣妙理, 精修禮敬, 仰賽玄恩.

見敏藏寺記, 及鷄林古記, 略見傳弘錄.

—『法華靈驗傳』[2] 14段

하시더군요. 말을 마치고 동쪽으로 향했습니다. 제가 그 뒤를 따르자 도랑이 하나 있었는데 스님이 제 손을 잡고 뛰어넘으셨어요. 어릿어릿하여 꿈같더니만 홀연 신라 말이 들리더니 이곳 민장사 관음상 앞에 도착한 겁니다. 우리 어머니를 알아보긴 했는데 여전히 꿈인가 의아했어요."

즉 천보(天寶)[3] 4년 을유(745) 4월 8일 신시(申時, 오후 4시)에 오(吳) 지역을 떠나 술시(戌時, 오후 8시)에 이곳에 도착한 것이다.

경덕왕(景德王)이 이를 듣고서 공경함이 중하여 재물을 넉넉히 하사하고 길이 공양에 충당하도록 하였다. 매월 8일에 민장사에 행차하여 예를 올리고 『법화경』 읽는 것을 길이 정식(定式)으로 삼았다.

보개와 장춘은 이웃 청신사녀(淸信士女)[4]와 약속을 맺어 특별히 금자(金字)[5] 『법화경』 한 부를 만들었다. 매번 순삼월에 도량(道場)[6]을 일으켜 오묘한 이치를 펼치고 정성스레 예경(禮敬)하여 현묘한 은혜를 우러러 감사드렸다.

이 일은 「민장사기(敏藏寺記)」와 『계림고기(鷄林古記)』에 보이고, 『전홍록(傳弘錄)』[7]에도 대략 보인다.

―『법화영험전』 14단

---

3 천보(天寶) : 당 현종(唐玄宗)의 연호. 742~755.

4 청신사녀(淸信士女) : 우바새(優婆塞)와 우바이(優婆夷)의 번역. 삼보(三寶)에 귀의하여 오계(五戒)를 받아 지키는 세속 남자와 여자.

5 금자(金字) : 금가루로 글씨를 쓴 것을 가리킨다.

6 도량(道場) : 승려나 도사(道士) 등이 수행(修行)하는 장소.

7 전홍록(傳弘錄) : 『해동법화전홍록(海東法華傳弘錄)』 4권. 고려 진정국사(眞淨國師) 천책(天頙, 1206~?)이 1267년에 저술했다.

延烏郞 · 細烏女

　第八阿達羅王卽位四年丁酉, 東海濱有延烏郞細烏女夫婦而居. 一日延烏歸海採藻, 忽有一巖【一云一魚】負歸日本. 國人見之曰:

　“此非常人也.”

　乃立爲王【按『日本帝記』, 前後無新羅人爲王者, 此乃邊邑小王, 而非眞王也】細烏怪夫不來歸, 尋之, 見夫脫鞋, 亦上其巖, 巖亦負歸如前. 其國人驚訝, 奏獻於王. 夫婦相會, 立爲貴妃.

연오랑과 세오녀

제8대 아달라왕(阿達羅王)[1] 즉위 4년 정유년(157)에 동해 바닷가에 연오랑과 세오녀 부부가 살고 있었다. 하루는 연오가 바다에 나가 해초를 따고 있었는데, 홀연 바위 하나 ─ 물고기라고도 한다 ─ 가 나타나더니, 연오를 싣고 일본으로 가버렸다. 이것을 본 그 나라 사람들이,

"이 사람은 범상한 사람이 아니다"

하고는 세워서 왕으로 삼았다. ─『일본제기(日本帝記)』[2]를 살펴보면, 그 전이나 후에 신라 사람으로 왕이 된 사람은 없다. 그러니 이는 어느 변두리 읍(邑)의 조그만 왕이요, 진짜 왕은 아닌 것이다.

세오는 남편이 돌아오지 않는 것이 이상했다. 바닷가에 나가서 찾아보니 남편이 벗어놓은 신이 있었다. 바위 위에 올라갔더니 그 바위는 또한 세오녀를 싣고 연오의 경우와 같이 일본으로 갔다. 그 나라 사람들은 놀라고 이상히 여겨 왕에게 사실을 아뢰었다. 이리하여 부부가 서로 만나게 되니 그녀를 귀비(貴妃)로 삼았다.

1 　아달라왕(阿達羅王) : 일성왕(逸聖王)의 맏아들로 신라 제8대 왕. 재위 154~184. 키가 7척이나 되었다.

2 　일본제기(日本帝記) : 지금은 전해지지 않고 있는 일본의 역사책 『제기(帝紀)』를 이르는 듯하다. 『제기(帝紀)』는 『고사기(古事記)』·『일본서기(日本書紀)』·『상궁성덕법왕제설(上宮聖德法王帝說)』 등의 원자료라고 생각되는, 일본 고대왕실의 계보를 주로 기록한 책이다.

是時, 新羅日月無光, 日者奏云:

"日月之精, 降在我國, 今去日本, 故致斯怪."

王遣使來二人. 延烏曰:

"我到此國, 天使然也. 今何歸乎? 雖然朕之妃有所織
細綃, 以此祭天, 可矣."

仍賜其綃, 使人來奏, 依其言而祭之. 然後日月如舊,
藏其綃於御庫, 爲國寶. 名其庫爲貴妃庫, 祭天所名迎日
縣, 又都祈野.

—『三國遺事』卷1「紀異」

이때 신라에서는 해와 달이 빛을 잃게 되니, 일관(日官)[3]이 왕에게 아뢰었다.

"해와 달의 정령(精靈)이 우리나라에 내려 있었는데, 이제 일본으로 가버렸기 때문에 이러한 괴변이 일어난 것입니다."

왕이 사신을 보내서 두 사람을 찾으니, 연오가 말하였다.

"내가 이 나라에 온 것은 하늘이 그렇게 한 일인데, 지금 어찌 돌아갈 수가 있겠는가? 그러나 짐(朕)의 비(妃)가 짠 고운 비단이 있으니 이것으로 하늘에 제사를 드리면 될 것이다."

이렇게 말하고 비단을 주니, 사신이 돌아와서 사실을 보고하였다. 그의 말대로 하늘에 제사를 드렸더니, 해와 달이 전과 같아졌다. 이에 그 비단을 임금의 장고에 간수하고 국보로 삼았다. 그 창고를 '귀비고(貴妃庫)'라 하고, 하늘에 제사지낸 곳을 '영일현(迎日縣)', 또는 '도기야(都祈野)'[4]라 했다.

—『삼국유사』권1「기이」

---

3 일관(日官) : 원문은 일자(日者). 일관은 천문을 보거나 점치는 일을 맡은 사람. '일자'는 여기서만 쓰이고, 뒤에 가면 같은 임무를 맡은 이를 '일관'이라 부르고 있다.
4 도기야(都祈野) : 영일의 일월사당이 있는 앞 바다에 현재 도구(都丘)해수욕장이 있다.

第四脫解王

脫解齒叱今【一作吐解尼師今】.

南解王時【古本云: "壬寅年至"者謬矣. 近則後於弩禮卽位之初, 無爭讓之事, 前則在於赫居之世, 故知壬寅非也】. 駕洛國海中有船來泊. 其國首露王與臣民鼓譟而迎, 將欲留之, 而舡乃飛走, 至於鷄林東下西知村阿珍浦【今有上西知·下西知村名】. 時浦邊有一嫗, 名阿珍義先, 乃赫居王之海尺之母. 望之謂曰: "此海中元無石嵒, 何因鵲集而鳴?"

제4대 탈해왕

탈해잇금[脫解齒叱今] — 혹은 토해니사금(吐解尼師今)이라고 한다.

남해왕(南解王)[1] 때 — 고본(古本)에 "임인년(壬寅年)[2]에 왔다"라고 한 것은 잘못이다. 가까운 일이라면 노례왕(弩禮王)[3] 즉위 후일 것이니, 왕위를 서로 사양한 일이 없을 것이요, 그전이라면 혁거세 때일 것이니, 임인년이 아니라는 것을 알 수 있다 — 가락국(駕洛國)[4]의 해안에 어떤 배가 와서 정박하였다. 그 나라 수로왕(首露王)[5]은 신민(臣民)들과 더불어 북을 치며 맞아들여 머무르게 하고자 하였는데, 배가 날듯이 달아나 계림(鷄林) 동쪽 하서지촌(下西知村) 아진포(阿珍浦)   지금 상서지(上西知)와 하서지(下西知)라는 마을 이름이 있다 — 에 닿았다. 마침 아진포 근처에 있던 아진의선(阿珍義先)이라는, 혁거세왕(赫居世王)[6]의 고기잡이 노파가 바라보고는 말하였다.

"이 해안에는 원래 바위가 없는데, 웬일로 까치가 모여서 울까?"

---

1 남해왕(南解王) : 신라 제2대 임금. 재위 4~23.
2 임인년(壬寅年) : 혁거세(赫居世) 즉위 39년(기원전 19)과 노례왕 즉위 18년(42)이 이에 해당한다.
3 노례왕(弩禮王) : 신라 제3대 임금. 박노례닛금(朴弩禮尼叱今), 유례왕(儒禮王)이라고도 한다. 재위 24~57.
4 가락국(駕洛國) : 금관가야(金官伽倻). 김수로왕(金首露王)이 세운 나라.
5 수로왕(首露王) : 가락국을 세운 김수로왕.
6 혁거세왕(赫居世王) : 신라 왕조의 시조(始祖).

挐尋之, 鵲集一舡上, 舡中有一櫃子, 長二十尺, 廣十三尺. 曳其船, 置於一樹林下, 而未知凶乎吉乎, 向天而誓爾. 俄而乃開見, 有端正男子七寶奴婢滿載其中. 供給七日, 迺言曰:

"我本龍城國人【亦云正明國, 或云琓夏國. 琓夏或作花厦國. 龍城在倭東北一千里】我國嘗有二十八龍王, 從人胎而生, 自五歲六歲, 繼登王位, 敎萬民修正性命, 而有八品姓骨, 然無揀擇, 皆登大位. 時我父王含達婆娉積女國王女爲妃, 久無子胤, 禱祀求息. 七年後産一大卵. 於是大王會問群臣:'人而生卵, 古今未有, 殆非吉祥.' 乃造櫃置我幷七寶奴婢, 載於舡中, 浮海而祝曰:'任到有緣之地, 立國成家.' 便有赤龍, 護舡而至此矣."

[배를] 끌어다 살펴보니, 까치가 배 위에 모였고, 배 안에는 궤짝 하나가 있었는데, 길이는 20척이요 넓이는 13척이었다. 배를 끌어다 나무숲 밑에다 놓고는, 길(吉)한 것인지 흉(凶)한 것인지 몰라 하늘에 맹세하고 잠시 후 열어보니, 단정한 남자와 7보(七寶)[7]와 노비가 그 안에 가득했다. 7일 동안 음식을 공급하니, 그제서야 말을 했다.

"저는 본래 용성국(龍城國) — 또는 정명국(正明國)이라고도 하고, 완하국(琓夏國)이라고도 한다. 완하국(琓夏國)은 화하국(花夏國)이라고도 한다. 용성국은 왜(倭) 동북 1,000리에 있다 — 사람입니다. 우리나라엔 28용왕이 있는데, 사람의 태(胎)를 빌어 나서, 5~6세가 되면 왕위를 계승하여 만민을 다스리고 성명(性命)을 바르게 합니다. 8품 성골(姓骨)이 있으나 간택하지 않고 모두 왕위에 오르게 됩니다. 당시 저의 부왕(父王) 함달파(含達婆)는 적녀국(積女國) 왕녀를 맞아 왕비로 삼았는데, 자식을 낳지 못해 기도를 올렸답니다. 7년 후에 큰 알 하나를 낳으니, 대왕은 군신들을 모아놓고 '사람이 알을 낳은 것은 고금에 없는 일로 좋은 징조가 아니다'고 하고는, 궤짝을 만들어 저와 7보(七寶)와 노비를 넣고 배에 실어 바다에 띄우며 축원하기를 '인연이 있는 곳에 가서 나라를 세우고 일가를 이룩하거라' 하셨습니다. 문득 붉은 용이 나타나 배를 호위해서 여기에 이르렀습니다."

---

7   7보(七寶) : 불교에서 말하는 일곱 가지 보물. 구체적인 물명에 대해서는 여러 설이 있다.

言訖, 其童子曳杖率二奴, 登吐含山上, 作石塚, 留七日, 望城中可居之地, 見一峯如三日月, 勢可久之地. 乃下尋之, 卽瓠公宅也. 乃設詭計, 潛埋礪炭於其側. 詰朝至門云:

"此是吾祖代家屋."

瓠公云否, 爭訟不決, 乃告于官, 官曰:

"以何驗是汝家?"

童曰:

"我本冶匠, 乍出隣鄕, 而人取居之. 堀地檢看."

從之, 果得礪炭, 乃取而居焉.

是南解王知脫解是智人, 以長公主妻之, 是爲阿尼夫人.

말을 마치자, 그 아이는 지팡이를 끌고 두 노비를 데리고 토함산에 올라 돌무덤을 만들었다. 거기서 7일을 머무르며 성 안에 거처할 만한 곳을 살펴보니 한 봉우리가 초승달 같아서 그 형세가 오래 머무를 만했다. 내려가 살피니 호공(瓠公)[8]의 집이었다. 이에 계략을 세워 집 옆에 숫돌과 숯을 몰래 묻어두고 다음날 아침 그 집에 가서 말하였다.

"여기는 내 조상 때의 집이오."

호공은 그렇지 않다고 하여 다투었으나 해결이 나지 않아 관리에게 알렸다.

관리가 물었다.

"네 집이라는 것을 무엇으로 증명하겠느냐?"

아이가 말하였다.

"저는 본래 대장장이인데, 잠깐 이웃 마을에 간 사이 다른 사람이 거처하게 된 것입니다. 땅을 파보면 알 수 있습니다."

그 말대로 땅을 파보니, 과연 숫돌과 숯이 나와서 그 집을 얻어지냈다.

당시 남해왕은 탈해가 지혜로운 사람이라는 것을 알고 첫째 공주와 결혼시켰으니, 이 사람이 아니부인(阿尼夫人)이다.

---

8   호공(瓠公) : 『삼국사기』에서는 본디 일본인이었다고 한다. 김알지가 계림으로 내려올 때 이를 발견한 사람이기도 하다.

一日吐解登東岳, 廻程次, 令白衣索水飮之. 白衣汲
水, 中路先嘗而進, 其角杯貼於口不解. 因而責之, 白衣
誓曰:

"爾後若近遙不敢先嘗."

然後乃解. 自此白衣讋服, 不敢欺罔. 今東岳中有一
井, 俗云遙乃井是也.

及弩禮王崩, 以光虎[9]帝中元六[10]年丁巳六月, 乃登王
位. 以昔是吾家取他人家, 故因姓昔氏. 或云: '因鵲開
櫃, 故去鳥字, 姓昔氏. 解櫃脫卵而生, 故因名脫解.'

하루는 토해(吐解, 석탈해)가 동악(東岳, 토함산)에 올랐다가 돌아올 때에 하인에게 마실 물을 구해오라고 했다. 하인이 물을 길어 오는 중에 먼저 맛보고 가져가려 했는데, 그 뿔잔이 입에 붙어 떨어지지 않았다. 토해가 책망하니 하인이 맹세하여 말하였다.

"이후로 가깝든 멀든 다시는 먼저 맛보지 않겠습니다."

그제야 잔이 떨어졌다. 이후로 하인은 두려워하며 복종하고 감히 속이지 못했다. 지금 동악에 있는 세칭 '요내정(遙乃井)'[11]이라 하는 우물이 그것이다.

노례왕이 죽으니, 후한(後漢)[12] 광무제(光武帝)[13] 중원(中元)[14] 2년 정사년(57)에 왕위에 올랐다. 예전에[昔] 우리 집이라 해서 남의 집을 빼앗은 까닭에 성을 석(昔)이라 했는데, 혹은 '끼치(鵲)로 인하여 궤짝을 열었다고 하여 새 조(鳥)자를 빼고 석(昔)씨라 했고, 궤짝을 열어 알을 깨고 나왔다고 하여 '탈해(脫解)'라 이름하였다고 하였다.

---

11 요내정(遙乃井) : 석굴암(石窟庵) 밑의 감로정(甘露井)이 이 샘이라는 전설이 있다.
12 후한(後漢) : 유방에 의해 세워진 한나라가 외척인 왕망(王莽)이 세운 신(新, 8~22)나라에 의하여 잠시의 중단된 후, 경제(景帝)의 6대 자손인 유수(劉秀)가 25년에 낙양(洛陽)을 수도로 하여 재건한 국가이다. 그 이전에 장안(長安)을 수도로 하였던 한을 전한(前漢, 西漢), 낙양(洛陽)에 재건된 한을 후한(後漢, 東漢)이라고 한다.
13 광무제(光武帝) : 후한(後漢)의 초대 황제. 재위 25~57.
14 중원(中元) : 후한(後漢) 광무제(光武帝)의 두 번째 연호. 56~57.

在位二十三年, 建初四年己卯崩, 葬疏川丘中. 後有神
詔:

"愼埋葬我骨."

其髑髏周三尺二寸, 身骨長九尺七寸, 齒凝如一, 骨節
皆連瑣,[15] 所爲天下無敵力士之骨. 碎爲塑像, 安闕內.
神又報云:

"我骨置於東岳."

故令安之{一云: 崩後二十七文虎王[16]代, 調路二年庚辰三月十五日辛
酉夜, 見夢於太宗.[17] 有老人, 皃甚威猛, 曰: "我是解脫也. 拔我骨於疏川, 立
塑像, 安於吐含山." 王從其言, 故至今國祀不絶, 卽東岳神也云}.

—『三國遺事』卷1「紀異」

---

15 《교감》‘瑣’은 ‘鎖’의 오자.
16 《교감》‘虎’는 고려 혜종의 이름 ‘武’ 대신에 사용한 글자.
17 《교감》‘太宗’은 ‘文武王’의 잘못인 듯하다.

23년간 재위하고, 건초(建初)[18] 4년 기묘년(79)에 세상을 떠나니, 소천구(疏川丘)에 묻었다. 후에 신(神)이 명령하기를 "내 뼈를 조심히 잘 묻으라" 하였다. 그 두개골은 둘레가 3척 2촌이요, 신골(身骨)은 9척 7촌이며, 치아(齒牙)는 한 덩이로 응결된 듯하고, 골절(骨節)은 모두 연이어졌으니, 소위 천하무적 장사의 골격이었다. 부수어 소상(塑像)을 만들어 궁궐 안에 안치해 놓았다. 신이 또 알렸다.

"내 뼈를 동악(東岳)에 안치하라."

그래서 명대로 안치하였다. ―혹은, 죽은 후 27대 문무왕(文武王) 때인 조로(調露)[19] 2년 경신년(680) 3월 15일 신유(辛酉) 밤에 문무왕의 꿈에 매우 사납게 보이는 한 노인이 나타나 "나는 탈해이다. 내 뼈를 소천구(疏川丘)에서 꺼내 소상을 만들어 토함산에 안지하라"라고 했다. 왕은 그 말대로 하고, 지금까지 나라 제사가 끊이지 않으니 곧 동악(東岳)의 신이라고 한다.

―『삼국유사』권1「기이」

---

18 건초(建初) : 후한(後漢) 장제(章帝)의 연호. 76~84.
19 조로(調露) : 당 고종(唐高宗)의 연호. 679~680.

善德王知幾三事

第二十七, 德曼[一作万], 諡善德女大王, 姓金氏, 父眞平
王. 以貞觀六年壬辰卽位, 御國十六年, 凡知幾有三事.
初, 唐太宗送畵牧丹, 三色紅紫白, 以其實三升. 王見
畵花曰:
"此花定無香."
仍命種於庭, 待其開落, 果如其言.
二, 於靈廟寺玉門池, 冬月衆蛙集鳴三四日. 國人怪
之, 問於王. 王急命角干閼川 · 弼呑等, 鍊精兵二千人,
速去西郊, 問女根谷, 必有賊兵, 掩取殺之.

선덕왕이 기미를 파악한 세 가지 사건

제27대 덕만(德曼) ─ 만(万)으로도 쓴다 ─ 의 시호(諡號)[1]는 선덕여대왕(善德女大王)이며, 성(姓)은 김씨(金氏)이고, 아버지는 진평왕(眞平王)이다. 정관(貞觀) 6년 임진년(632)에 즉위하여 나라를 다스린 지 16년 동안에 기미를 파악한 일이 세 가지 있었다.

첫째, 당 태종(唐太宗)이 붉은색과 자주색, 흰색의 세 가지 색으로 그린 모란[牧丹] 그림과 [모란씨 석 되를 보내왔다. 왕은 그림의 꽃을 보고 말하였다.

"이 꽃은 반느시 향기가 없을 것이다."

그리고는 씨를 정원에 심도록 했다. 그 꽃이 피어 떨어질 때까지 기다리니 과연 말한 바와 같았다.

둘째, 영묘사(靈廟寺) 옥문지(玉門池)에 겨울인데도 개구리들이 모여 삼사일 울어댔다. 나라 사람들이 이를 이상하게 여겨 왕에게 물었다. 왕은 급히 각간(角干) 알천(閼川)[2]과 필탄(弼呑) 등에게, 정병(精兵) 2천 명을 데리고 빨리 서교(西郊)로 가서 여근곡(女根谷)[3]을 물으면 반드시 적병(賊兵)이 있을 것이니 엄습하여 죽이라고 명했다.

---

1 시호(諡號) : 죽은 인물에게 국가에서 내려주거나, 죽은 군주에게 다음 군주가 올리는 특별한 이름.
2 알천(閼川) : 선덕왕 6년(637)에 대장군, 진덕왕 원년(647)에 상대등이 되었다. 진덕왕 사후 왕으로 추대되었으나, 김춘추에게 양보하였다.
3 여근곡(女根谷) : 지금 전하는 위치는 경주시 건천읍 신평리의 서쪽이다.

二角干旣受命, 各率千人, 問西郊, 富山下果有女根谷,
百濟兵五百人, 來藏於彼, 竝取殺之. 百濟將軍亏召者,
藏於南山嶺石上, 又圍而射之殪, 又有後兵一千二百人
來, 亦擊而殺之, 一無孑遺.

三, 王無恙時, 謂群臣曰:
"朕死於某年某月日, 葬我於忉利天中."
群臣罔知其處, 奏云何所. 王曰:
"狼山南也."
至其月日, 王果崩, 群臣葬於狼山之陽.

두 각간은 즉시 명을 받들어 각각 군사 천 명씩을 거느리고 서교로 가서 보니, 부산(富山)[4] 아래에 과연 여근곡이 있었고, 백제의 군사 오백 명이 와서 거기에 숨어 있었으므로, 이들을 모두 죽여버렸다. 백제의 장군 우소(亐召)[5]란 자가 남산(南山) 고개 바위 위에 숨어 있었으므로 또 포위하여 활로 사살하였다. 그 뒤에 병사 1,200명이 오고 있었으므로 또한 쳐서 죽여, 한 사람도 남기지 않았다.

셋째, 왕이 아무런 병도 없을 때에 여러 신하들에게 일러 말하였다.

"나는 모년 모월 모일에 죽을 것이니, 나를 도리천(忉利天)[6] 가운데에 장사지내도록 하라."

여러 신하들이 그 장소를 몰라 어느 곳인가를 물으니, 왕이 말하였다.

"낭산(狼山)[7]의 남쪽이다."

바로 그 달 그 날이 되자, 왕은 과연 돌아가셨다. 여러 신하들이 낭산의 남쪽에 장사지냈다.

---

4 부산(富山) : 지금 전하는 위치는 경주시의 서남쪽에 있는 하지산의 위쪽이다.
5 우소(亐召) : 백제 제30대 왕 무왕 때의 장군. 우소(于召)라고도 한다.
6 도리천(忉利天) : 불교에서 말하는 욕계(欲界) 육천(六天)의 두 번째 천(天).
7 낭산(狼山) : 지금 전하는 위치는 신라 왕성에서 동남쪽이다.

後十餘年, 文虎大王創四天王寺於王墳之下. 佛經云:
'四天王天之上有忉利天', 乃知大王之靈聖也.

當時群臣啓於王曰:

"何知花蛙二事之然乎?"

王曰:

"畫花而無蝶, 知其無香. 斯乃唐帝欺寡人之無耦也. 蛙有怒形, 兵士之像. 玉門者, 女根也, 女爲陰也, 其色白, 白西方也, 故知兵在西方. 男根入於女根, 則必死矣, 以是知其易捉."

於是群臣皆服其聖智.

送花三色者, 盖知新羅有三女王而然耶. 謂善德·眞德·眞聖, 是也. 唐帝以有懸解之明. 善德之創靈廟寺, 具載良志師傳, 詳之.

10여 년이 지난 뒤 문무대왕(文武大王)이 왕의 무덤 아래에 사천왕사(四天王寺)[8]를 창건했다. 불경에 '사천왕천(四天王天)[9]의 위에 도리천이 있다'고 했으니, 이에 대왕의 신령하고 성스러움을 알겠다.

당시 여러 신하들이 왕에게 아뢰었다.

"어떻게 [모란꽃과 개구리 두 가지 일]의 기미를 아셨습니까?"

왕이 대답했다.

"꽃을 그렸는데 나비가 없으니 향기 없음을 알았다. 이것은 당나라 황제가 나의 짝 없음을 조롱한 것이다. 개구리는 성난 모양을 하고 있으니 병사의 형상이다. 옥문(玉門)이란 여자의 성기이다. 여자는 음(陰)이요, 그 빛은 흰색이니, 흰색은 서쪽이다. 그러므로 군사가 서쪽에 있다는 것을 알았다. 남근은 여근에 들어가면 반드시 죽으니, 이로써 잡기가 쉽다는 것을 알았다."

이에 모든 신하들이 그 성스럽고 지혜로움에 탄복했다.

꽃을 세 가지 색으로 그려 보낸 것은 아마도 신라에 세 여왕이 있을 것을 알았던 것이었을까? 선덕(善德)과 진덕(眞德)과 진성(眞聖)이 이들이니, 당 나라 황제도 헤아리는 밝음이 있었던 것이다. 선덕왕이 영묘사를 창건한 일은 양지(良知) 법사의 전기에 자세히 실려 있다.

8 　사천왕사(四天王寺) : 경주 왕산리에 있던 절.
9 　사천왕천(四天王天) : 불교에서 말하는 욕계(欲界) 육천(六天)의 하나로 수미산 중턱에 있는 지국천(持國天), 증장천(增長天), 광일천(廣日天), 다문천(多聞天)의 네 하늘.

別記云, 是王代, 鍊石築瞻星臺.

—『三國遺事』卷1「紀異」

「별기(別記)」에, 이 왕의 시대에 돌을 다듬어서 첨성대(瞻星臺)[10]를 쌓았다고 했다.

—『삼국유사』 권1「기이」

10 첨성대(瞻星臺) : 경주시 인왕동에 있는 신라시대의 천문대. 기상과 함께 천문을 관측한 것 같으며, 이를 통해 점성(占星)이나 제사에 사용되었다는 주장도 있다.

金現感虎

新羅俗, 每當仲春初八至十五日, 都人士女, 競遶興輪寺之殿塔, 爲福會.

元聖王代, 有郎君金現者, 夜深獨遶不息, 有一處女念佛隨遶, 相感而目送之, 遶畢, 引入屛處通焉. 女將還, 現從之, 女辭拒, 而强隨之. 行至西山之麓, 入一茅店, 有老嫗問女曰:

"附率者何人?"

女陳其情, 嫗曰:

"雖好事, 不如無也. 然遂事不可諫也. 且藏於密, 恐汝弟兄之惡也."

把郎而匿之奧. 小遶[1]有三虎, 咆哮而至, 作人語曰:

---

1 《교감》 '遶'는 '選'의 오자.

김현이 호랑이에게 감동하다

신라 풍속에 매년 중춘(仲春, 2월)이 되면 8일에서 15일까지 도읍의 남녀들이 흥륜사(興輪寺)의 전탑(殿塔)[2]을 다투어 도는 복회(福會)를 열었다.

원성왕(元聖王) 때에 김현(金現)이라는 낭군(郎君)이 있었는데, 밤 늦도록 혼자 쉬지 않고 탑을 돌았다. 한 처녀가 염불을 하면서 따라 돌다가 느낌이 있어 눈길을 주고받았다. 돌기를 마치자 은밀한 곳으로 이끌고 들어가 정을 통하였다. 처녀가 돌아가려 하자 김현이 쫓아갔다. 처녀는 사양하고 거절했지만 김현은 막무가내로 따라갔다. 길을 가다가 서산(西山) 기슭에 이르러, 한 모점(茅店, 주막)에 들어가니 할머니가 처녀에게 물었다.

"따라 온 사람은 누구냐?"

처녀가 사정을 자세히 이야기하니, 할머니는,

"비록 좋은 일이지만 없었던 것만 못하구나. 그러나 이미 벌어진 일이니 나무라지는 않겠다. 은밀한 곳에 숨겨두자. 네 형제들이 나쁜 짓을 할까 두렵구나"

하고, 김현을 이끌어 구석진 곳에 숨겼다. 조금 뒤에 세 마리 호랑이가 포효하며 이르러 사람처럼 말을 했다.

---

2   전탑(殿塔) : 법당과 탑.

"家有腥羶之氣, 療飢何幸?"

嫗與女叱曰:

"爾鼻之爽乎? 何言之狂也."

時有天唱:

"爾輩嗜害物命尤多, 宜誅一以徵惡."

三獸聞之, 皆有憂色, 女謂曰:

"三兄若能遠避, 而自懲, 我能代受其罰."

皆喜俛首妥尾, 而遁去. 女入謂郎曰:

"始吾耻君子之辱臨弊族, 故辭禁爾. 今旣無隱, 敢布腹心, 且賤妾之於郎君, 雖曰非類, 得陪一夕之歡, 義重結禑之好. 三兄之惡, 天旣猒之, 一家之殃, 予欲當之, 與其死於等閑人之手, 曷若伏於郎君刃下, 以報之德乎? 妾以明日入市爲害劇, 則國人無如我何, 大王必慕以重爵, 而捉我矣. 君其無怯, 追我乎城北林中, 吾將待之."

"집안에 날고기 냄새가 나니 요기하면 좋겠군."

할머니와 처녀가 꾸짖었다.

"너희 코가 상했냐? 무슨 미친 소리를 하느냐."

이때 하늘에서 소리가 들렸다.

"너희들이 매우 많은 목숨을 즐겨 해쳤으니, 마땅히 한 놈을 죽여 악을 징계하겠노라."

세 짐승이 이 소리를 듣고 모두 근심하는 기색을 보이자, 처녀가,

"세 분 오빠께서 만약 멀리 피해 가서 스스로 징계하신다면 제가 그 벌을 대신 받겠습니다"

라고 말하니, 모두 기뻐하여 고개 숙이고 꼬리를 내리고 달아나버렸다. 처녀가 들어와 낭군에게 말하였다.

"처음에 저는 낭군이 저희 족속(族屬)을 찾아오시는 것이 부끄러워서 사양하고 거절했습니다. 지금은 이미 숨길 것이 없으니, 감히 진심을 말씀드리겠습니다. 또 저와 낭군은 비록 유(類)가 다르다고는 하지만 하루 저녁의 기쁨을 얻어 중한 부부의 의(義)를 맺었습니다. 세 오빠의 악은 하늘이 이미 미워하시니, 한 집안의 재앙을 제가 감당하려 합니다. 다른 사람의 손에 죽는 것이 낭군의 칼날에 쓰러져 은덕을 갚는 것만 하겠습니까? 제가 내일 성안에 들어가 해로운 일을 벌이면, 나라 사람들이 저를 어떻게 할 수 없으므로, 대왕께서 반드시 높은 벼슬로써 사람들을 모집하여 저를 잡게 할 것입니다. 그때 당신은 겁내지 말고 저를 쫓아 성 북쪽의 숲(北林)까지 오십시오. 기다리고 있겠습니다."

現曰：

"人友人, 彝倫之道, 異類而交, 盖非常也, 旣得從容, 固多天幸, 何可忍賣於伉儷之死, 僥倖一世之爵祿乎?"

女曰：

"郎君無有此言. 今妾之壽夭, 盖天命也, 亦吾願也, 郎君之慶也, 予族之福也, 國人之喜也. 一死而五利備, 其可違乎? 但爲妾創寺, 講眞詮, 資勝報, 則郎君之惠莫大焉."

遂相泣而別.

次日果有猛虎, 入城中, 剽甚無敢當. 元聖王聞之, 申令曰：

"戡虎者爵二級."

現詣闕奏曰：

"小臣能之."

乃先賜爵以激之. 現持短兵入林中, 虎變爲娘子, 熙怡而笑曰：

"昨夜共郎君繾綣之事, 惟君無忽. 今日被爪傷者, 皆塗興輪寺醬, 聆其寺之螺鉢聲 則可治."

김현이 말하였다.

"사람이 사람과 짝함은 인륜의 도이고 유(類)가 다른 데도 사귀는 것은 정상이 아닙니다. 그러나 이미 잘 지냈으니 진실로 천행(天幸)입니다. 어찌 차마 배필의 죽음을 팔아 벼슬을 바랄 수 있겠소?"

처녀가 말하였다.

"낭군은 그런 말씀 마십시오. 이제 제가 일찍 죽는 것은 천명이며, 또한 저의 소원이고, 낭군의 경사며, 우리 일족(一族)의 복이면서, 나라 사람들의 기쁨입니다. 한 번 죽어 다섯 가지 이로움을 얻을 수 있으니, 어찌 어길 수 있겠습니까? 다만 저를 위하여 절을 짓고 진전(眞詮, 불법)을 강(講)하여 좋은 과보(果報)를 얻게 해 주신다면, 낭군의 은혜가 막대할 것입니다."

마침내 서로 울면서 작별했다.

다음날 과연 사나운 호랑이가 성안에 들어와서 몹시 사납게 날뛰니 감히 당해 낼 수 없었다. 원성왕이 듣고서 영(令)을 내렸다.

"호랑이를 잡는 자에게는 이급(二級)의 벼슬을 내리겠노라."

김현이 대궐에 나아가,

"소신(小臣)이 할 수 있습니다"

하고 아뢰니, 왕은 먼저 벼슬을 내려 격려하였다. 김현은 단검(短劍)을 쥐고 숲속으로 들어갔다. 호랑이는 낭자로 변하여 반갑게 웃으면서 말하였다.

"어젯밤에 낭군과 함께 했던 곡진한 사연을 소홀히 하지 마세요. 오늘 제 발톱에 상처를 입은 사람들은 모두 홍륜사의 장(醬)을 바르고 그 절의 나발(螺鉢) 소리를 들으면 나을 것입니다."

乃取現所佩刀, 自頸而仆,[3] 乃虎也. 現出林而託曰:
"今玆虎易搏矣."

匿其由不洩, 但依諭而治之, 其瘡皆效. 今俗亦用其方.

現旣登庸, 創寺於西川邊, 号虎願寺. 常講梵網經, 以導虎之冥遊, 亦報其殺身成己之恩.

現臨卒, 深感前事之異, 乃筆成傳, 俗姑聞知. 因名論虎林, 稱于今.

그리고는 김현이 차고 있던 칼을 뽑아 스스로 목을 찔러 쓰러지니, 곧 호랑이로 변하였다. 김현이 숲 속에서 나와서,

"방금 호랑이를 쉽게 잡았습니다"

라고 말하며 그 사유는 숨기고 발설하지 않은 채, 다만 호랑이가 가르쳐준 대로 그들을 치료하니, 상처가 다 나았다. 지금도 민속에서는 그 방법을 사용한다.

김현은 벼슬에 오르자 서천(西川) 가에 절을 지어 호원사(虎願寺)라 하고는 항상 『범망경(梵網經)』[4]을 강(講)해 호랑이의 저승길을 인도하고, 또한 호랑이가 살신(殺身)하여 자기를 성공하게 해준 은혜에 보답했다.

김현은 죽음에 임해서 지나간 일의 기이함에 깊이 감동하여 글을 적어 전하였으므로 세상 사람들이 비로소 듣고 알게 되었다. 그런 까닭으로 이름을 '논호림(論虎林)'[5]이라 하니, 지금까지도 일컬어진다.

---

4 『범망경(梵網經)』: 『범망경노사나불설보살심지계품제십(梵網經盧舍那佛說菩薩心地戒品第十)』, 또는 '범망경보살심지품(梵網經菩薩心地品)', '범망계품(梵網戒品)' 이라고 한다. 보살(菩薩)이 닦아야할 계위(階位)와 수지(受持)해야 할 10중(重) 48경(輕)의 계상(戒相)을 설명하고 있다. 『범망육십이견경(梵網六十二見經)』을 가리키기도 한다. 이 경전은 여래의 미묘한 법을 밝히기 위해 우선 불교 이외의 62가지 견해를 나열하고 논파한다.
5 논호림(論虎林) : 현재 경주의 황성공원.

貞元九年, 申屠澄自黃冠, 調補漢州什方縣之尉. 至眞符縣之東十里許, 遇風雪大寒, 馬不能前, 路傍有茅舍, 中有煙火甚溫, 照燈下就之, 有老父嫗及處子, 環火而坐. 其女年方十四五, 雖蓬髮垢衣, 雪膚花臉, 擧止姸媚. 父嫗見澄來. 遽起曰:

"客甚衝寒雪, 請前就火."

澄坐良久, 天色已暝, 風雪不止. 澄曰:

"西去縣尚遠, 請宿于此."

父嫗曰:

"苟不以蓬蓽爲陋, 敢承命."

정원(貞元)[6] 9년(793)에 신도징(申屠澄)은 황관(黃冠)[7]으로 있다가, 한주십방현위(漢州什邡縣尉)[8]로 발탁되었다. [임지로 가는 도중에] 진부현(眞符縣)의 동쪽 10리 가량 되는 곳에 이르렀을 때, 눈보라와 심한 추위를 만나 말이 앞으로 나아가지 못했다. 길옆에 초가집이 있고, 그 안에 불이 피워져 있어 매우 따뜻했다. 등불 밑으로 다가가 보니 늙은 부모와 처녀가 불가에 둘러앉았는데, 그 처녀의 나이는 14~5세쯤 되어 보였다. 비록 머리는 헝클어지고 때 묻은 옷을 입었지만 살결은 눈처럼 희었으며 뺨은 꽃같이 붉었고, 태도가 매우 아름다웠다. 그 부모는 신도징이 들어오는 것을 보고 급히 일어나 말하였다.

"손님께서는 심한 한설(寒雪)을 만났으니 앞으로 오셔서 불을 쪼이시지요."

신도징이 한참 앉아 있는 동안에 날은 이미 저물었는데 눈보라는 그치지 않았다. 신도징은,

"서쪽으로 현(縣)에 가려면 길이 아직 머니 이곳에서 좀 재워주시오"

라고 청했다. 부모가 대답하였다.

"진실로 가난한 살림을 누추하게 여기지 않으신다면 그렇게 하겠습니다."

---

6 정원(貞元) : 당 덕종(唐德宗)의 연호. 785~804. 정원 9년은 신라 원성왕 9년. 여기서부터는 김현의 이야기와 비슷한 중국의 신도징의 이야기를, 송나라 이방(李昉, 925~996) 등이 편찬한 『태평광기(太平廣記)』 제429권에서 인용하고 있다. 군데군데 생략되어 매끄럽지 못한 부분이 있으나, 전체적인 내용의 파악은 어렵지 않다.
7 황관(黃冠) : 풀로 만든 평민의 관. 평민을 가리킨다.
8 한주십방현위(漢州什邡縣尉) : 한주십방현(漢州什邡縣)은 사천성(四川省) 성도(成都) 부근에 있는 땅이름이고, 위(尉)는 벼슬 이름.

澄遂解鞍施衾幃. 其女見客方止, 修容靚粧, 自帷箔間
出, 有閑雅之態, 猶過初時. 澄曰:

"小娘子明惠過人甚, 幸未婚, 敢請自媒如何?"

翁曰:

"不期貴客欲採拾, 豈定分也?"

澄遂修子婿之禮. 澄乃以所乘馬, 載之而行, 旣至官,
俸祿甚薄. 妻力以成家, 無不歡心, 後秩滿將歸, 已生一
男一女, 亦甚明惠, 澄尤加敬愛. 嘗作贈內詩云:

신도징은 마침내 말안장을 풀고 침구(寢具)와 휘장(揮帳)을 폈다. 그 처녀는 손님이 머무는 것을 보자 얼굴을 닦고 곱게 단장을 했다. 장막 사이에서 나오는데, 그 단아한 자태는 처음 볼 때보다 훨씬 나았다. 신도징이 말하였다.

"어린 낭자께서는 총명하고 슬기로움이 남보다 뛰어나니[9] 아직 미혼이면 감히 혼인하기를 청합니다. 어떠신지요?"

그 아버지가 말하였다.

"기약하지 않았던 귀한 손님께서 거두어 주신다면 어찌 연분이 아니겠습니까?"

신도징은 마침내 사위의 예를 갖추었다. 그리고 타고 온 말에 여자를 태워가지고 길을 나섰다. 관가에 이르러 보니 봉록(俸祿)이 매우 적었으나 아내가 힘써 집안 살림을 이루니 모두 즐거운 일뿐이었다. 그 후 임기가 끝나 돌아가려 할 때는 이미 1남 1녀를 낳았는데, 자식들 또한 매우 총명하고 슬기로웠다. 신도징은 아내를 더욱 공경하고 사랑했다. 아내에게 주는 시를 지었으니, 다음과 같다.

---

9   어린 낭자께서는 ~ 뛰어나니 : 무엇 때문에 이렇게 말하는지 근거가 미약한데, 이는 생략이 심한 탓이다. 신도징이 이 말을 하기 전에, 함께 불가에 둘러앉아 술을 마시며 서로 글을 짓는 대목이 나온다. "잠시 후 노파가 술병을 들고 들어오더니 불 앞에서 따뜻하게 마시면서 신도징에게 말하였다. (…가족 간 대화 내용 중략…) 여인이 다시 읊기를, '비바람으로 그믐 같으니 닭 울음 그치질 않네'(閑麗之態, 尤倍昔時. 有頃, 嫗自外挈酒壺至. 於火前煖飮, 謂澄曰 (…중략…), 女復令曰 : 風雨如晦, 鷄鳴不已)" 『태평광기』 9, 中華書局, 1995, 3487쪽.

一官慚梅福, 三年愧孟光.
此情何所喻, 川上有鴛鴦.

其妻終日吟諷, 似默有和者, 未嘗出口. 澄罷官, 鑿室
歸本家. 妻忽悵然謂澄曰：
"見贈一篇, 尋卽有和."
乃吟曰：

琴瑟情雖重, 山林志自深.
常憂時節變, 辜負百年心.

遂與訪其家, 不復有人矣. 妻思慕之甚, 盡日涕泣, 忽
壁角見一虎皮. 妻大笑曰：
"不知此物尚在耶."

한번 벼슬이 매복(梅福)[10]에게 부끄러운데
3년 살아서 맹광(孟光)[11]을 부끄럽게 하네
도타운 이 정을 어디에 비길 수 있을까
시내 위에 노니는 원앙새로다

그의 아내는 종일 이 시를 읊으면서 화답할 듯 했으나 입 밖에
내지는 않았다. 신도징이 벼슬을 그만두고 가족을 데리고 본가로
돌아가려 하자, 아내는 문득 슬퍼하면서,
"이전에 주신 시에 화답한 것이 있습니다"
라고 말하더니, 이렇게 읊었다.

부부의 정이 비록 중하나
산중에 둔 뜻 깊어만 가니
항상 걱정했네, 세월 변하여
백년가약 그 마음 저버릴까봐

드디어 함께 그 여자의 집을 찾아 갔더니 사람이라고는 없었다. 아
내는 그리워하는 마음이 간절해 종일토록 울기만 했다. 문득 벽 모퉁
이에 있는 호랑이 가죽을 보더니 아내는 크게 웃으면서 말하였다.
"이 물건이 아직도 여기 있을 줄은 몰랐도다."

10 매복(梅福) : 한나라 때 사람. 왕망(王莽)이 정권을 휘두르자 하루아침에 처자마저 버
리고 사라져서는 신선이 되었다고 전한다. 『한서(漢書)』 〈매복전(梅福傳)〉.
11 맹광(孟光) : 한나라 때 가난한 선비 양홍(梁鴻)의 아내. 지아비의 뜻을 받들며 가난하
지만 현모양처로 살았다.

遂取披之, 卽變爲虎, 哮吼挐攖, 突門而出. 澄驚避之, 携二子, 尋其路, 望山林, 大哭數日, 竟不知所之.

噫, 澄現二公之接異物也, 變爲人妾則同矣, 而贈背人詩, 然後哮吼挐攖而走, 與現之虎, 異矣. 現之虎不得已而傷人, 然善誘良方以救人. 獸有爲仁如彼者, 今有人而不如獸者, 何哉.

詳觀事之終始, 感人於旋遶佛寺中, 天唱徵惡, 以自代之, 傳神方以救人, 置精廬講佛戒, 非徒獸之性仁者也. 盖大聖應物之多方, 感現公之能致情於旋遶, 欲報冥益耳. 宜其當時能受禧佑乎?

마침내 그것을 집어 뒤집어쓰니 곧 변하여 호랑이가 되었다. 포효하며 할퀴더니 문을 박차고 나갔다. 신도징이 놀라서 피했다가 두 아이를 데리고, 간 길을 찾으며 산을 바라보고 며칠을 크게 울었으나 끝내 간 곳을 알지 못했다.

아, 신도징과 김현 두 분이 이물(異物)과 접함이여! 변하여 사람의 아내가 된 것은 똑같은데 [신도징의 범은] 배반하는 시를 주고 으르렁거리고 할퀴며 달아난 것이 김현의 호랑이와 다르다. 김현의 호랑이는 부득이 사람을 상하게 했지만 좋은 처방을 가르쳐줌으로써 사람들을 구했다. 짐승도 인(仁)을 행함이 그와 같은데, 지금은 사람으로서 짐승만 못한 자가 있으니 어찌 하리오.

이 일을 처음부터 끝까지 자세히 살펴보면, 절 안에서 돌 때에 사람을 감동시켰고, 하늘에서 악을 징계한다고 하자 대신 벌을 받고, 신효한 처방을 전함으로써 사람을 구하고, 정려(精盧, 절)을 지어 부처의 가르침을 강(講)하게 했으니, 이것은 다만 짐승의 본성이 어질기 때문이 아니라, 대개 대성(大聖, 부처)께서 사물에 감응함이 여러 방면이었던 까닭이다. 김현 공이 정성을 다해 탑을 돈 것에 감응하여 명익(冥益)[12]을 주고자 한 것이니 복을 받은 것은 당연하지 않은가?

---

12 명익(冥益) : 부처나 보살이 드러나지 않게 주는 이익.

讚曰 :

山家不耐三兄惡, 蘭吐那堪一諾芳.
義重數條輕萬死, 許身林下落花忙.

—『三國遺事』卷5「感通」

찬(讚)한다.

산속에서 세 오빠 악한 짓 견딜 수 없어
꽃다운 입으로, 대신 죽겠노라 한 마디
의리의 중함 몇 가지로 들어 죽음도 가벼이
숲 속에 몸을 내놓았네, 떨어지는 꽃처럼

—『삼국유사』권5「감통」

伽倻山蘇利菴重創記

陝之名山, 曰伽倻, 又號曰牛頭, 曰雪山, 曰象王, 曰衆向, 曰只恒, 盖一山而六號者也. 山之勝聞東方, 古有大伽藍, 曰蘇利.

新羅殊異傳所記, 第一毗婆尸佛始創, 羅代九聖人住處者也. 寺之設, 已千數百年, 其廢不知在何時, 遺址歷歷尚在. 當其中, 有三伏石牛, 東有八功德水樐臺, 西有奉天臺釋迦佛, 北有毗盧遮那佛外有四種. 東二十許里, 有三丈六尺石佛, 西脩道寺, 北栖卒寺, 皆伽藍之護從也.

가야산 소리암 중창기

합천(陜川)[1]의 명산을 가야산이라 한다. 또는 우두(牛頭)·설산(雪山)·상왕(象王)·중향(衆香)·지달(只怛)이라고도 하니, 하나의 산에 여섯 가지 이름이 있는 것이다. 산의 빼어남이 동방에 알려졌고, 옛날에 큰 절이 있었으니 '소리(蘇利)'라고 하였다.

『신라 수이전(殊異傳)』의 기록에 의하면, "제일비바시불[2]이 창건하여, 신라시대 아홉 성인이 머물렀던 곳"이라 한다. 사찰이 이미 천 수백 년 전에 세워졌고, 언제 무너졌는지 알 수 없으나, 빈터가 역력히 남아 있다.

그 가운데에는 엎드린 세 개의 석우(石牛)가 있고 동쪽에는 팔공덕수로대(八功德水櫨臺)[3]가 있고 서쪽에는 봉천대(奉天臺)와 석가불(釋迦佛)이 있고 북쪽에는 비로자나불(毗盧遮那佛)[4]과 그 외 4가지가 남아있다. 동쪽 20리 쯤에는 삼장육척(三丈六尺)의 석불(石佛)이 있고 서쪽에는 수도사(脩道寺), 북쪽에는 서졸사(栖卒寺)가 있으니, 모두 소리사를 호위하며 따르는 것이다.

---

1 합천(陜川) : 경상남도 지명.
2 제일비바시불(第一毘婆尸佛) : Ⓢ Vipaśyin. 과거7불(佛)의 제1.
3 팔공덕수로대(八功德水櫨臺) : 팔공덕수가 있는 노대. 팔공덕수는 맑고 시원하고 감미롭고 부드럽고 윤택하고 조화롭고 기갈을 없애주고 몸을 보양해주는 물이다.
4 비로자나불(毗盧遮那佛) : Ⓢvairocana. 변일체처(遍一切處)·광명변조(光明遍照)라 번역한다. 부처님의 진신(眞身)을 나타내는 칭호로서 부처님의 신광(身光)·지광(智光)이 이사무애(理事無礙)의 법계에 두루 비추어 원명(圓明)한 것을 의미한다.

寺有密記云, '當初天神, 降助三日.' 其靈異若此. 噫!
名山寶地之在於人世, 見於圖籍, 奇奇怪怪如此寺者, 不
幾何, 而墮廢蕪沒, 久而不復, 則亦山門之一恨也.

今仁順府尹永嘉權相國聰, 璿源貴族, 蟬貂望重, 然而
攘膏粱紈綺之習, 留心於修善種福之事, 慨然有重新之
志, 多施貨財, 以供費用. 諸檀樾又從而成之, 經始於己
巳春三月, 斷手於明年冬十月.

凡爲屋, 以楹計者若干, 金銀丹艧, 眞彩炳煥, 梵唄日
用之具, 無一不備. 自是歲設法會, 緇徒雲集, 此庵之一
重興也.

사찰에 밀기(密記)가 있는데, "당초에 천신(天神)이 내려와 3일 동안 도왔다"라고 하니, 영험함이 이와 같다.

아! 인간 세상에 있는 명산과 보배로운 땅 가운데 기록에 나타난, 기기묘묘한 이와 같은 사찰이 얼마나 되는지 알 수 없으나, 황폐하고 매몰되어 오래도록 복구하지 못한 것은, 또한 산문(山門, 불교)의 한스러운 일이다.

지금 인순부윤(仁順府尹)[5] 영가(永嘉)[6] 상국(相國, 정승) 권총(權聰)[7]은 선원(璿源, 왕족) 귀족이요, 현달한 집안으로 명망이 높은 분이다. 그러나 기름진 음식과 비단 옷 입는 습관을 물리치고, 선을 닦으며 복을 심는 일에 마음 두어서, 힘써 다시 새롭게 하려는 뜻을 두어서 재물을 많이 보시하여 비용을 제공하니, 여러 시주들이 또 따라서 이루었다. 기사년 봄 3월에 짓기 시작하여 다음 해 겨울 10월에 손을 떼었다.

건물을 지을 때 기둥으로 계획한 것이 몇 칸 되고, 금은과 단청의 색채가 찬란하고, 범패와 일용도구가 하나도 빠진 게 없다. 이 해부터 법회를 개설하니 승려들이 구름 모이듯 하여서 이 암자를 다시 중흥하였다.

5　인순부윤(仁順府尹) : 세자의 호위를 맡아보던 기구이면서 궁중소유 토지의 전세를 거두어들이던 곳의 장관.

6　영가(永嘉) : 안동의 옛 이름. 권총의 관향을 가리킨다.

7　권총(權聰) : 조선 태종의 딸과 결혼한 권규(權跬)의 아들. 어릴 때 태종이 사랑하여 항상 무릎 위에 앉혔다고 한다. 『부계기문(涪溪記聞)』 참고.

權侯求記於居正, 略書梗槩而歸之, 言曰, "侯文章世家, 又豈區區於貪佛者哉? 所以勤于是者, 則欲上祝君釐, 下報親恩, 以寓忠孝之至情耳, 寧不爲後人之大勸哉? 是可書也."

蒼龍乙亥.

―『四佳文集』卷2[8]

권후(權侯)가 서거정(徐居正)[9] 나에게 기문을 구하므로, 대략 경개를 서술하여 보내고 다음과 같이 말한다.

"후(侯)는 대대로 문장가의 집안 출신이니, 어찌 구구하게 불도(佛道)에 빠진 것이리오? 여기에 애쓴 까닭은 위로 임금의 복을 축원하고 아래로 어버이의 은혜에 보답하고자 하여 충과 효의 지극한 정을 붙인 것이다. 어찌 후세 사람에게 크게 권장하는 바 되지 않으리오. 이는 기록할 만한 일이다."

을해년(1455).

— 『사가문집』 권2

---

9 서거정(徐居正) : 1420~1488. 본관 달성(達城), 자 강중(剛中), 호 사가정(四佳亭), 시호 문충(文忠). 문집에 『사가집(四佳集)』, 저서에 『동인시화(東人詩話)』, 『태평한화골계전(太平閑話滑稽傳)』, 『필원잡기(筆苑雜記)』 등이 있다.

『수이전(殊異傳)』은 '자못 특이한 이야기'들을 모아 엮은 책이다. '신라수이전(新羅殊異傳)' 또는 '신라이전(新羅異傳)', '고본 수이전(古本殊異傳)'이라 표기된 것과 동일한 것으로 여겨진다. 작자는 최치원(857~?), 개작자는 박인량(?~1096)과 김척명이 언급되는 것으로 보아 신라 말엽에 간행되고 이후 개작의 과정을 거친 것으로 보인다. 이와 관련한 기록은 다음과 같다.

若按朴寅亮殊異傳云	『해동고승전』 권1 〈석아도〉
字法空, 今按國史及殊異傳, 分立二傳	『해동고승전』 권1 〈석법공〉
又東京安逸戶長貞孝家在古本殊異傳	『삼국유사』 권4 〈원광서학〉
鄕人金陟明, 謬以街巷之說, 潤文作光師傳	『삼국유사』 권4 〈원광서학〉
後人改作新羅異傳	『삼국유사』 권4 〈보양이목〉
出新羅殊異傳	『태평통재』 권20 〈보개〉, 권68 〈최치원〉
但新羅殊異傳云	『필원잡기』 권2

新羅殊異傳 崔致遠　　　　　　　『대동운부군옥』 편집서적목록

新羅殊異傳 崔致遠所撰　　　　　　　　　『해동문헌총록』

新羅殊異傳 文昌侯崔致遠撰　　　　　　『증보문헌비고』 권246

新羅殊異傳所記　　　『신증동국여지승람』 권30 〈합천군 소리암〉

　『수이전』은 현재 온전하게 전하지 않고, 수록 작품이 여기 저기 흩어져 일부만 전하고 있다. 전하는 작품과 해당 문헌은 다음과 같다.

〈아도〉　　　　　　『해동고승전』 권1

〈원광〉　　　　　　『삼국유사』 권4 〈원광서학〉

〈보개〉　　　　　　『태평통재』 권20

〈최치원〉　　　　　　『태평통재』 권68

〈지귀〉　　　　　　『태평통재』(『청분실서목』에 전재)

〈영오 세오〉　　　　　　『필원잡기』 권2

〈탈해〉　　　　　　『삼국사절요』 권2 주석

〈선덕왕〉　　　　　　『삼국사절요』 권8

〈수삽석남〉　　　　　　『대동운부군옥』 권8, 『해동잡록』 권4

〈죽통미녀〉　　　　　　『대동운부군옥』 권9

〈노옹화구〉　　　　　　『대동운부군옥』 권12

〈선녀홍대〉　　　　　　『대동운부군옥』 권15

〈호원〉　　　　　　『대동운부군옥』 권15, 『해동잡록』 권4

〈심화요탑〉　　　　　　『대동운부군옥』 권20, 『해동잡록』 권4

〈선덕왕〉   『해동잡록』권1

　위 작품들은 모두『수이전』을 출전으로 명시하고 있다. 위 작품들에서 〈최치원〉과 〈선녀홍대〉는 같은 작품인데,『대동운부군옥』이 운(韻)에 따라 배열해 놓은 사전이다 보니 시에서 활용할 수 있는 주요 핵심어를 '선녀홍대'를 보이고 그것을 중심으로 이야기를 축약하여 수록한 것이다. 〈지귀〉와 〈심화요탑〉의 관계도 그러하다. 〈선덕왕〉은『삼국사절요』와『해동잡록』에 전하는데 이야기의 핵심은 같지만 주인공의 신분과 서술 방식에서 차이를 보인다.

　〈호원〉은『대동운부군옥』의 성격상 축약된 것으로 보이고,『삼국유사』권5에 실린 〈김현감호〉가 원래의 모습과 유사하리라 추정된다. 이렇게 관련되는 자료들을 뒤에 수록하였다. 〈술파가〉는 인도의 이야기인데 불경에 실려 있어서 〈지귀〉에 영향을 준 것으로 보이고, 〈흑풍이 배를 불어제끼다(黑風吹其船舫)〉는『법화경』과 관련한 영험담을 실은『법화영험전』에 있는 이야기인데 〈보개〉와 관련된다. 〈쌍녀분〉은 〈최치원〉과 관련된다. 〈가야산 소리암 중창기(伽倻山蘇利菴重創記)〉는『신라수이전』에서 소리암에 관한 기록을 인용하고 있어서 관련 자료로 실었다.

　그 외『해동고승전』권1 〈법공전(法空傳)〉에서 "아도 비문을 살펴보면, 법흥왕이 출가하여 법명을 법운이라 하고 자는 법공이라 했다. 이제 국사와『수이전』을 보면, 두 개의 전으로 나눠 놓았으니, 자세히 살펴보기를 청한다按阿道碑, 法興王出法名法雲, 字法空. 今

按國史及殊異傳分立二傳, 諸好古者請詳撿焉”라고 하였고,『삼국유사』권4 〈보양이목〉에서 “뒷사람이『신라이전(新羅異傳)』을 고쳐 지으면서 작갑사 탑과 이목의 일을 원광의 전기 속에 함부로 기록해 넣고, 견성(犬城)의 일을 비허(毗虛) 법사의 전기에 묶어 버렸으니, 잘못이다. 그런데다가 해동 승전을 지은 사람도 따라서 글을 윤색하여 보양의 전기가 없어지게 했다”라고 했다. 위 기록을 근거로『해동고승전』의 〈법공전〉과 〈법운전〉을『수이전』과 관련하여 수록한 경우도 있으나, 관계가 멀어 보이므로 여기에는 싣지 않았다. 위에서 ‘해동 승전’이라 언급하였으나 현재 전하는『해동고승전』에는 ‘비허’에 관한 전기가 독립되어 있지 않다.

부록

원문 영인

此寺者。不幾何。而墮廢蕪没久而不復則亦山門
之一恨也。今仁順府尹永嘉權相國聰璠源貴族。
蟬貂望重。然而讓膏梁紈綺之習。留心於修善種
福之事。慨然有重新之志多施貨財以供費用諸
檀樾又從而成之。經始於已巳春三月。斷手於明
年冬十月。尼為屋以楹討者若干金銀丹雘真彩
炳煥唄唄日用之具。無一不備。自是歲設法會繪
徒雲集此庵之一重興也權俠求記於居正。略書
梗槩而歸之言曰俠文章世家。又豈區區於貪佛
者我所以勤于是者則欲上祝君鼇下報親恩。以
寓忠孝之至情耳寧不為後人之大勸我是可書
也蒼龍乙亥。

四佳文集二　　二十五

伽倻山蘇利菴重創記

陝之名山曰伽倻。又號曰牛頭山。曰象王。曰衆向。曰只恒。盖一山而六號者也。山之勝聞東方。古有大伽藍。曰蘇利。新羅殊異傳所記第一毗婆尸佛始創羅代九聖人住處者也。寺之設已千數百年。其廢不知在何時。遺址歷歷尚在當其中。有三伏石牛東有八功德水扵臺西有奉天臺釋迦佛比有毗盧遮那佛外有四稜東二十許里有三丈六尺石佛西俯道寺北栖卒寺皆伽藍之護從也寺有窑記云。當初天神降助三日。其靈異若此。噫。名山寶地之在扵人世見扵圖籍奇奇怪怪如

1

獸有寫仁如彼者今有人而不如獸者何哉詳觀事之
終始感人於旋遶佛寺中天唱徵惡以自代之傳神方
以救人置精廬講佛戒非徒獸之性仁者也盖大聖應
物之多方感現公之能致情於旋遶欲報冥益宜其
當時能受禧佑子讚曰　山家不耐三兄惡蘭吐郍塔
一諾芳義重數條輕萬死許身林下落花忙

7

官斬梅福三年愧孟光此情何所渝川上有鴦其
妻終日吟諷於黙有和者未嘗出口澄罷官蟄室歸本
家妻勿悵然謂澄曰見贈一爲尋即有和乃吟曰琴瑟
情雖重山林志自深常憂時節變亡辜負百年心遂興
訪其家不復有人矣妻思慕之甚盡日涕泣忽璧角見
一虎皮妻大笑曰不知此物尚在那遂取披之郎變爲
虎哮吼羍攫突門而出澄驚避之携二子尋其路望山
林大哭數目竟不知所之噫澄現二公之接異狐也歟
爲人妻則同矣而贈肯入詩然後哮乳羍攫而走興現
之无異矣現之虎不得巳而傷人然吾誘良方以救人

6

下就之有老父嫗及豪子環火而坐其女年方十四五
雖蓬鬟垢衣雪膚花臉婉止妍媚父嫗見澄來邊起曰
客其衝寒雪請前就火澄坐良久天色已暝風雪不止
澄曰西去縣尚遠請宿于此父嫗曰苟不以蓬蓽爲陋
敢承命澄遂解鞍施衾幬其女見客方止修容靚粧自
帷箔間出有閑雅之態猶過初時澄曰小娘子明惠過
人甚幸未婚敢請自媒如何翁曰不期貴客欲採拾豈
定分也澄遂修子婿之禮澄乃以所乘馬載之而行既
至官俸祿甚薄妻力以成家無不歡心後秩滿將歸已
生一男二女亦甚明惠澄无加敬愛嘗作贈内詩云一

5

能之乃先賜爵以激之現持短兵入林中虎変爲娘子
熙怡而笑曰昨夜共郎君繾綣之事惟君無忽今日被
爪傷者皆塗興輪寺醬聆其寺之螺鉢聲則可治乃取
現所佩刀自頸而仆乃虎也現出林而託曰今兹虎易
搏矣匿其由不遠但依論而治之其瘡皆効今俗亦用
其方現既登庸創寺於西川邊号虎願寺常講梵網経
以導虎之冥遊亦報其殺身成己之恩現臨卒深感前
事之異乃筆成傳俗姑聞知因名論虎林稱于今貞元
九年申屠澄自黄冠調補漢州什邡縣之尉至真符縣之東
十里許遇風雪大寒馬不能前路旁有茅舍中有煙火甚温照燈

4

其死於等閑人之手豈若伏於郎君刃下以報之德乎
妾以明日入市爲害劇則國人無如我何大王必募以
重爵而捉我矣君其無惻追我乎城北林中吾將待之
現曰人交人羣倫之道異類而交盖非常也既得從容
固多天幸何可忍賣於伉儷之死僥倖一世之爵祿乎
女曰郎君無有此言今妾之壽夭盖天命也亦吾願也
郎君之慶也予族之福也國人之喜也一死而五利備
其可違乎但爲妾剙寺講真詮資勝報則郎君之惠莫
大焉逡相泣而別次日果有猛虎入城中剽甚無敢當
元聖王聞之申令曰戴虎者爵二級現詣闕奏曰小臣

三國遺事卷五

十五

入一茅店有老嫗問女曰附辜者何人女陳其情嫗曰
雖好事亦如無也然遂事不可諫也且藏於密恐彼弟
兄之惡也把郎而匿之奧小選有三虎咆哮而至作人
語曰家有腥膻之氣森飢何幸嫗與女叱曰爾鼻之爽
子何言之狂也時有天唱爾輩嗜害物命尤多宜誅一
以懲惡三獸聞之皆有憂色女謂曰三兄若能遠避而
自懲我能代受其罰皆喜俛首妄尾而遁去女入謂郎
曰始吾耻君子之辱臨弊族故辭禁爾今既無隱敢布
腹心且賤妾之於郎君雖曰非類得陪一夕之歡義重
結褵之好三兄之惡天既猒之一家之殃予欲當之與

2

金現感虎

新羅俗每當仲春初八至十五日都人士女競遶興輪
寺之殿塔爲福會元聖王代有郎君金現者夜深獨遶
不息有一處女念佛隨遶相感而目送之遂畳入屏處
通焉女將還現從之女辭拒而强随之行至西山之麓

三國遺事卷五　廿

新羅俗每當仲春初八至十五日
都人士女競遶興輪寺塔爲福會元聖王時有郎金現者
夜深獨遶不息有一女隨遶現遂通而隨去女曰妾明日
入市爲害則王必募以重爵而捕我笑君其無愧遺我于
北林中吾將待之但爲我創資報勝則即君之惠也遂相
泣別翌日果有猛虎入城中無敢當者王令曰有能捕虎
者爵二級現詣闕奏曰小臣能之現持短兵入北林中虎
變爲娘子笑曰昨日繾綣之事惟君母忽乃永現所佩刀
自頸而死乃虎也現旣登庸創寺於西川邊猵曰虎願異
傳

虎願

新羅俗每當仲春初八至十五日都人士女無不興輪寺塔為福會。元聖王時有郎金現者夜深獨遶不息有一女隨遶現遂通而隨去女曰妾明日入市為暴則王必募以重爵而捕我矣君其無物追我于北林中吾將待之但為我報讎則郎君之惌也遂相泣別翌日果有猛虎入城中縱殺當資王今日有能捕虎者爵二級現詣闕奏曰小臣能之現持短兵入北林中虎變為娘子笑曰昨夜繾綣之事唯君無忽乃取現所佩刀自剄而仆乃虎也現號慟創寺於西川邊號曰虎願〔興憚〕

1

新羅時有一到金庾信門外庾信勢老翁化狗手入家設筵庾信謂翁曰變化若舊耶翁曰變為虎或化為鷹或為鷹終變為家中狗子而出〔殊異傳〕

1

竹筒美女
金庾信自西州還京路有異客先行頭上有非常氣
庾信亦恠倅宸客伺銃行人發懷間出一
閒起行庾信追訊之言語還雅同
秀至南山松下設宴一美女亦出
婆女玉於東海與妻歸寧父母已
而夙玉冥晤忽失不見寧父異徙

1

崔伉

新羅人字石南有愛妾父母禁之不得見數月伉暴死經
八日夜中伉往妾家妾不知其死也顛喜迎接伉首石枏
枝分與妾曰父母許興汝同居故來耳遂與妾還到其家
伉踰垣而入夜將曉寂無消息家人出見之問其來由妾
具說家人曰伉死八日今日欲葬何說怪事妾曰良人興
我分挿石枏枝可以此爲驗扵是開棺視之屍首挿石枏
枝露區衣裳履已穿矣妾知其死痛哭欲絶伉乃還蘇夫
婦偕老二十年而終傳　殊異

首揷石枏

新羅崔伉字伉宇石南人有愛妾父母禁之不得見數月伉暴死經八日夜中伉徃妾家妾不知其死也顚喜迎接伉曰父母許與汝同居故來耳遂與妾還到其家伉踰垣而入夜將曉久無消息家人出見之問其來由妾具說家人曰伉死八日今日欽葬何得在此伉曰吾與我分插石枏枝可以此爲驗趂是開棺觀之屍首插石枏枝露濕衣裳履已穿知其屍痛哭欲絕伉乃還蘇偕老二十年而終

大東韻府群玉卷之八 四六

1

利天乃知大王之靈聖也當時群臣啓於王曰何
知花蛙二事之然乎王曰畫花而無蝶知其無香
也斯乃唐帝欺寡人之無耦也蛙有怒形兵士之像玉門音女
根也女為陰也其色白白西方也故知兵在西方男根
入女根則必死矣以是知其易捉於是群臣皆服其
聖智遺光一色有盡知新羅有三女王而然耶謂善德
眞德眞聖也其聖其庶幾以有懸解之明善德之
眞載良志師傳詳之別記云是王代鍊石築瞻星其

3

靈廟寺玉門池冬月眾蛙集鳴三四日國人怪之問於
王王急命角干閼川弼呑等鍊精兵二千人速去西郊
問女根谷必有賊兵掩取殺之二角干旣受命各率千
人問西郊富山下果有女根谷百濟兵五百人來藏於
彼並取殺之百濟將軍亐召等藏於南山嶺石上又圍
而射之遂有後兵一千二百人來亦盡殺之一無
孑遺王無恙時謂群臣曰朕死於其年某月日葬我
於忉利天之中群臣罔知其處云何王曰狼山南也
至其月日王果崩群臣葬於狼山之陽後十餘年文虎
大王創四天王寺於王墳之下佛經云四天王之上

2

善德王知幾三事

第二十七德曼（一作万）謚善德女大王姓金氏父真平王
以貞觀六年壬辰即位御國十六年凡知幾有三事初
唐大宗送畫牧丹三色紅紫白以其實三升王見畫花
曰此花定無香仍命種放庭待其開落果如其言二於

1

王時唐太宗以賜牧丹子三升及牧丹花圖遣之王以示德〔花圖幷花子王以示德曼愛德曼曰此花必無香氣王曰何以知之曰此花〕〔真平〕曼德曼笑曰此花無香氣王曰何以知之曰此花富貴雖〔妖艶富貴雖号花王畫無蜂蝶必無香帝之遣此豈此度以女人爲王耶并有微意命種扵庭待花〕號花王而無蜂蝶豈不以朕女人無偶爲主耶必有深意〔絶艶而無蜂蝶若是無香種其子果如其言一說女主時太宗以牧丹子三升幷畫花賜之主笑曰此花〕〔曰〇創芬皇寺〇唐遣使持節冊命爲柱國樂浪郡公新羅王〕命種於庭待花發果無香〔傳〕

1

初

帝賜牧丹花圖幷花子、眞平王以示德曼、德曼曰、此花必無香氣、王笑曰、爾何以知之、對曰、此花絕艶而畫無蜂蝶、是必無香、種其子、果如其言、其先識如此、

（殊異傳、唐太宗以丹子幷畫花遺之、見花笑謂左右曰、此花妖艶富貴、而無蜂蝶、必不香、帝遺此、豈朕以女人爲王、故亦有微意、種之、待花發、果不香。）

1

初四年己卯崩葬疏川丘中後有神詔慎埋葬我骨其
髑髏周三尺二寸身骨長九尺七寸齒疑如一骨節皆
連瑣所謂天下無敵力士之骨碎爲塑像安闕內神又
報云我骨置於東岳故令安之一云崩後二十七世文虎
王代調露二年庚辰三月十五日辛酉夜見夢於大宗有
老人兒甚威猛曰我是號解也故我骨於疏川立塑像安
於吐含山王從其言故至今國祀不能即東岳神也云

4

告于官官曰以何驗是汝家童曰我本冶匠作出隣郷而入取居之請堀地撿看從之果得砺炭乃取而居焉時南解王知脫解是智人以長公主妻之是爲阿尼夫人一日吐解登東岳廻程次令白衣索水飮之白衣汲水中路先嘗而進其角盃貼於口不解因而責之白衣誓曰爾後若近遊不敢先嘗然後乃解自此白衣莫眼不敢戴闊今東岳中有一井俗去遙乃井是也及瞽王崩以光虎帝中元六年丁巳六月乃登王位以昔是吾家取他人家故因姓昔氏或云因鵲開樻故取姓昔氏解襁脫卵而生故因名脫解在位二

龍王從大胎而生自五歲六歲繼登王位敎萬
民修正性命而有八品姓骨然無揀擇皆登大位時我
父王含達婆娶積女國王女爲妃久無子胤禱祀求嗣
七年後産一大卵於是大王會問羣臣人而生卵古今
未有始非言祥乃造櫃置我并七寶奴婢載於舡中浮
海而祝曰任到有緣之地立國成家便有赤龍護舡而
至此矣言訖其童子曳杖率二奴登吐含山上作石塚
留七日望城中可居之地見一峯如三日月勢可久之
地乃下尋之即瓠公宅也乃設詭計潛埋礪炭於其側
詰朝至門云此是吾祖代家屋瓠公云否爭訟不決

2

脫解齒叱今〈一作吐解〉南解王時古本云壬寅年至者
誤矣近則後於弩禮即位之初無爭讓之事前在
壬寅則在於赫居之世故知壬寅非也駕洛國海中有舡來泊
其國首露王與臣民鼓譟而迎將欲留之而舡乃飛走
至於雞林東下西知村阿珍浦〈今有上西知下西知村名〉時浦邊有
一嫗名阿珍義先乃赫居王之海尺之母也望之謂曰此
海中元無石嵓何因鵲集而鳴拏舡尋之鵲集一舡上
舡中有一櫝子長二十尺廣十三尺曳其舡置於一樹
林下而未知凶乎吉乎向天而誓爾俄而乃開見有端
正男子并七寶奴婢載其中供給七日迺言曰我本
龍城國人〈亦云正明國或云琓夏國琓夏或作花廈國龍城在倭東北一千里〉我國嘗有

王含達婆娶積女國王女爲妃 久無子 禱祀求息 七年後産一大卵 王曰 人而生卵 非吉祥 乃造櫃置我 并七寶奴婢載於船中 浮海而祝曰 任到有緣之地 立國成家 便有赤龍護船而至此矣 言訖 登吐含山 作石塚 望城中可居之地 見一峰如半月 勢可久居之地 乃下尋之 即瓠公宅也 乃設詭計 潛埋礪炭於其側 詰朝 至門云 此是吾祖代家屋 瓠公云否 爭訟不決 乃告于官 官曰 以何驗是汝家 童曰 我本冶匠 乍出隣鄉 而人取居之 請掘地檢看 從之 果得礪炭 乃取而居之 南解王知脫解是智人 以長公主妻之 是爲阿尼夫人 昔氏 以珠異 傳 龍城國 王妃生 至辰韓阿珍浦 時浦邊有老母 開櫝見之 有一小兒在焉 其母取養之 及壯 體貌雄偉 智識過人 來居不知何人也 號解 園理 王知脫解非雜林人也 國家在倭國東北二千里

3

焉遂收而養之〈或曰是赫居世三十九年〉及壯身長九尺風神秀朗智識過人時人不知姓氏以櫃初來有鵲飛鳴而隨省鵲以昔爲氏又以解櫃而出名脫解脫解始以漁釣爲業奉養老嫗無怠色嫗曰汝非常人骨相殊異宜力學功名脫解遂精專學問兼通地理望楊山瓠公宅爲吉地計取而居之南解王聞其賢以其女妻之〈遺事南解王時有船來泊首露王欲留之船至雞林阿珍浦漸有嫗阿珍義望見鵲集海中擊然尋之有大櫃開見有童男言曰我本龍城國人父〉

三國史節要二　八

○冬十月新羅王儒理薨婿昔

脫解立年六十二脫解本多婆那國人國在

倭國東北一千里初其國王娶女國王女為

妻有娠七年乃生大卵王曰人而生卵不祥

宜棄之女以帛裹卵并寶物置櫝中浮之海

任其所往初至金官國海濱人怪之不取轉

至辰韓阿珍浦口有老嫗繩之開櫝有兒存

1

新羅人爲王者此乃邊邑
小王而非眞王也 細烏恠夫不來歸尋之見夫脫鞋
亦上其巖巖亦負歸如前其國人驚訝奏獻於王夫
婦相會立爲貴妃是時新羅日月無光日者奏云日月之
精降在我國今去日本故致斯怪王遣使求二人延烏
曰我到此國天使然也今何歸乎雖然朕之妃有所織
細綃以此祭天可矣仍賜其綃使人來奏依其言而祭
之然後日月如舊藏其綃於御庫爲國寶名其庫爲貴
妃庫祭天所名迎日縣又都祈野

2

第八阿達羅王即位四年丁酉東海濱有延烏郎細烏
女夫婦而居一日延烏歸海採藻忽有一巖〈一云一魚〉負歸
日本國人見之曰此非常人也乃立爲王〈按日本帝記前後無新〉

1

日本國大内殿以其先世出自我國向慕之誠異於
尋常予嘗遍考前史未知出處但新羅殊異傳云

東海濱有人夫曰迎烏妻曰細烏一日迎烏採藻
海濱忽漂至日本國小島為主細烏尋其夫又漂
至其國立為妃是時新羅日月無光日者奏曰迎
烏細烏日月之精今去日本故有斯怪王遣使求
二人迎烏曰我到此天也乃以細烏所織綃付送
使者曰以此祭天可矣遂名祭天所曰迎日仍置
縣是新羅阿達王四年也我國人之為王於日本
者止此耳但未知其說之是非也大内之先恐或
出此。

1

國王有女名曰拘牟
頭有捕魚師名述婆伽隨道而行遇
見王女在高樓上窓中見面想像染
著心不暫捨歷日月不能飲食母
問其故以情荅母我見王女心不能
忘母諭見言汝是小人王女尊貴不
可得也見言我心願樂不能暫忘若
不如意不能活也母為子故入王宮
中常送肥魚美肉以遺王女而不取
價王女恠而問之欲求何願母白王
女願却左右當以情告我唯有一子
敬慕王女情結成病命不云遠願垂
愍念賜其生命王女言汝去月十五
日於某甲天祠中住天像後當還語
子汝願已得告之如上沐浴新衣在
天像後住王女至時白其父王我有
不吉須至天祠以求吉福王言大善
即嚴車五百乘出至天祠既到勑諸
從者齊門而止獨入天祠天神思惟
此不應尒王為世主不可令此小人

毀辱王女即厭此人令眠不覺王女
既入見其眠重推之不悟即以瓔珞
直十万兩金遺之而去後此人得
覺見有瓔珞又問衆人知王女来情
願不遂憂恨懊惱婬火內發自燒而
死

大智度論卷第十四 第十九張 聖

志鬼新羅活里驛人慕善德王之美麗憂愁涕泣形容
憔悴王幸寺行香聞而召之志鬼歸寺塔下侍駕忽然
睡酣王脫臂環置肯還宮然後乃睡覺志鬼悶絕良久心
火出燒其塔即變爲火鬼王命術士作呪詞曰志鬼心中
火燒身變火神流移滄海外不見不相親時俗帖此詞於
門壁以鎮火災傳殊異

1

心火繞塔 忘鬼 新羅活里驛人慕菩德王之美麗變愛愁弟泣形容憔悴王幸寺行香聞而召之志鬼嗒寺塔下待駕幸忽寐王脫臂環置胷迺宮後乃寤覺志鬼悶絶良久

大東韻玉卷之二十　六十五

句

火出其一即攪爲火鬼王命術士作呪詞曰
志鬼心中火燒身變火神流移滄海外不見不相親
時俗帖此詞於門壁以領火災厓昇埤

此書卷六十八崔致遠。引新羅殊異傳逸文全

已紹分于震檀學報第十二卷卷七十三志鬼條亦引

新羅殊異傳曰志鬼新羅活里馹人也慕善德王之

端嚴美麗愁憂涕泣形容憔悴王聞之名見曰朕明

日幸靈廟寺行香汝於其寺待朕志鬼翌日歸靈廟

寺塔下待駕幸忽然睡酣王到寺行香見志鬼方睡

菩王脫臂環置諸齊即還宮然後乃公衛環在胷悵

不得待御悶絶良久心火出燒其身(身) 志鬼即變火鬼

於是王令術士作呪詞曰志鬼心中火燒身變火

神流移滄海外不見不相親時□□此詞於門壁以鎭

火災

『清芬室書目』太平通載·항목〈이인영·보고사·1993〉

雙女墓

雙女墳記曰有雞林人崔致遠者唐乾符中補溧水尉
嘗憩于招賢館前岡有塚號曰雙女墳詢其事迹莫有
知者因為詩以弔之是夜感二女至稱謝曰兒本宣城
郡開化縣馬陽鄉張氏二女少親筆硯長負才情不意
為父母匹于鹽商小豎以此憤恚而終天寶六年同葬
于此宴語至曉而別在溧水縣南一百一十里

1

仙女紅袋

崔致遠西遊嘗遊招賢館前岡有古塚號雙女墳致遠題詩石門云云忽視一女手操紅袋就前曰莫怪八娘九娘各有酬答謹令奉呈公回顧驚惶問何姓

娘于日朝問拂石題詩即二娘所居也公見第一袋是八娘奉酬第二袋是九娘奉酬又書後幅曰莫怪藏姓名孤魂良俗人欲將心事說能許暫相親公見芳詞顏有喜色乃問其女名字曰翠襟公乃作詩付翠襟云云又書末幅云青鳥無端報事由暫時相憶淚雙流今宵若不逢仙質判卻殘生入地求翠襟得詩迅若飇逝公獨立哀吟良久香氣忽來二女青至正是一雙明珠兩朵瑞蓮公驚拜云海島微生塵末吏豈期仙侶俯顧凡流乃問曰娘子居何方族序是誰紫帬者隕淚曰兒與小妹乃張氏二女也先父富似銅山侈同金谷姊年十八妹年十六父母論嫁阿姊則定婚塩商小妹則許嫁茗估每說移天未滿于心鬱結難伸遽至夭亡今幸遇秀才氣秀嵩山可與話玄玄之理是夕明月如畫清風似秋將月爲題以風爲韻公作起聯云金波滿目汎長空千里愁心處處同八娘繼曰輪影動無述舊路桂花開不待春風九娘又繼曰圓暉漸皎三更外雕息偏傷一望中云竟不知所去〔新羅殊異傳〕

1

孤館燈殘幽途。戲將詞句向門題。感得仙姿倭夜至。紅錦袖紫羅裙。坐來蘭麝逼人薰。翠眉丹頰皆超俗。依態詩情又出群。對殘花傾美酒。雙雙妙舞呈纖手。狂心已亂不知羞。芳意試看相許否。美人顏色久低迷半含笑態半令嚬。而熟自然心似火。臉紅寧假醉如泥。歌艷詞打懽令。芳宵良會應前定。總聞謝女啟清談。又見班姬抹雅詠。情深意密始求親。正足艷陽桃李辰。明月倍添衾枕恩。香風偏惹綺羅身。綺羅身衾枕思。幽懷未已離愁至。數聲餘歌斷孤魂。一點殘燈照雙淚。曉天鸞鶴各西東。獨坐思益疑夢中。沉思疑夢又非夢。愁對朝雲歸碧空。馬長斷望行路。狂生猶得再尋遺蹤。不逢羅襪步芳塵。但見花枝泣朝露。腸欲斷首頻回。泉戶寂寥誰為開。頓轡勞時無限淚。乖縱吟虛有餘哀。蔡荼風慕春日。柳花撩亂迎風疾。常將旅思怨韶光。況是離情念芳質。人間事愁殺人。始聞邃路又迷津。草沒銅臺千古恨。花開金谷一朝春。阮肇劉晨是凡物。蔡昰漢帝非仙骨。當時嘉會杳難追。後代遺名徒可悲。悠然來忽然去。是知風雨無常主。我來此地逢雙女。遙似襄王夢雲雨。大丈夫大丈夫。壯氣須除兒女恨。莫將心事戀妖狐。後致遠擢第東還。路上歌詩云。浮世榮華夢中夢。白雲深處好安身。乃退而長徃。尋僧於山林江海。結小齋。尋石葊。耽玩文書。嘯咏風月。逍遙偃仰於其間。南山清涼寺。合浦縣月影臺。智理山雙溪寺。石南寺。墨泉石葊。種牧丹。至今猶存。皆共遊歷也。最後隱於伽耶山海印寺。與兄大德賢俊。南岳師定玄。探賾經論。遊心沖漠。以終老焉。

（同卷六十八、崔致遠）

4

波滿目泛長空。千里愁心處處同。八娘曰。輪影動無迷舊路。桂花開不待秋風。九娘曰。圓輝漸皎三更外。離思偏傷一盟中。致遠曰。綵色舒時分錦帳。珪模映處透珠櫳。八娘曰。入間遠別腸堪斷。泉下孤眠恨莫窮。九娘曰。每羨端娥多計校。能拋香閣到仙宮。公嘆訝尤甚。乃曰。此時無笙歌奏於前。能非未能異炎於是紅袖乃顧婢翠襟而罰致遠曰。絲不如竹。竹不如肉。此婢善歌。乃命訴衷情詞。翠襟歛衽一歌。清雅絕世。於是三人半酣。致遠乃挑二女曰。嘗聞盧充逐獵。忽遇良姻。阮肇尋仙。得逢嘉配。情若許。姻好可成。二女皆諾曰。虞帝爲君。雙雙在御。周良作將。兩兩相隨。彼昔猶然。今胡不爾。致遠喜出望外。乃相與排三淨枕。展一新衾。三人同衾。繾綣之情。不可具談。致遠戲二女曰。不向閨中作黃公之子婿。翻來塚側夾陳氏之女奴。未測何緣得逢此會。女兒作詩曰。聞語知若不是賢。應緣慣與女奴眠。弟應聲續尾曰。無端嫁得風狂漢。強被輕言辱地仙。公答爲詩曰。五百年來始遇賢。且歡今夜得雙眠。勞心莫惟親狂客。曾向巫風占爵仙。小頃月落鷄鳴。二女皆驚。謂公曰。樂極悲來。離長會促。是人世貴賤同傷。況乃存沒異途。升沈殊路。每慚白晝。虛擲芳時。只應拜一夜之歡。從此作千年之恨。始愧同衾之有幸。遽嗟破鏡之無期。二女各贈詩曰。星斗初回更漏闌。欲言離緒淚闌干。從茲便結千年恨。無計重諧五夜歡。又曰。斜月照窓紅臉冷。曉風飄袖翠眉攢。醉羞步步偏腸斷。雨散雲歸入夢難。致遠見詩。不覺涕淚。二女謂致遠曰。倘或他時。重經此處。修掃荒塚。言訖卽滅。明旦。致遠歸塚邊。彷徉嘯咏。感嘆尤甚。作長歌自慰曰。草暗塵埋雙女墳。古來名迹竟誰聞。唯傷廣野千秋月。空鎖巫山兩片雲。自恨雄才爲遠吏。偶來後幅曰。英惟藏名姓。孤魂畏俗人。欲將心事說。能許暫相親。公覩見芳詞。頗有喜色。乃問其女名字。曰翠襟。公悅而挑之。翠襟怒曰。秀才合與回書。容欲累人。致遠乃作詩付翠襟曰。偶把狂詞題古墳。豈期仙女問風塵。翠襟猶帶瓊花艶。紅袖應含玉樹春。偏隱姓名寄俗客。巧裁文字惱詩人。斷腸唯願陪歡笑。肯顧千嬪與萬神。繼悲來幅云。靑鳥無端報事由。暫時相憶淚雙流。今宵若不逢仙質。判却殘生入地求。翠襟得詩。迅如颷逝。致遠獨立哀吟。久無來耗。乃詠短歌。向罷。香氣忽來。良久二女齊至。正是一雙明玉。兩朵瑞蓮。致遠驚喜如夢。拜云。致遠海島微生。風塵末吏。豈期仙侶猥顧風流。輒垂芳躅。二女微笑無言。致遠作詩曰。芳宵幸得暫相親。何事無言對暮春。將謂得知秦室婦。不知元是息夫人。於是。紫裙者憲曰。始欲笑言。便蒙輕蔑。息媽曾從二婿。賤妾未事一夫。公言。夫人不言。言必有中。二女皆笑。致遠乃問曰。娘子居在何方。族序是誰。紫裙者隕淚曰。兒與小妹。溧水縣楚城鄉張氏之二女也。先父不爲縣吏。獨占鄉豪。富似銅山。侈同金谷。及姊年十八。妹年十六。父母論嫁。婚與商。小妹則許嫁若估。姊妹每說移天。未滿于心。欝結難伸。遽至夭亡。所冀仁賢勿萌猜。玉音昭然。豈有猜慮。乃問二女。寄墳已久。去館非遙。如有英雄相遇。何以示現美談。紅袖者皆是鄙夫。今幸遇秀才。氣秀鼇山。可與話玄玄之理。致遠將進酒。謂二女曰。不知俗中之味。可獻物外之人乎。紫裙者曰。不飡不飮。無飢無渴。然幸接瓊姿。得逢瓊液。豈敢辭避。於是飮酒各賦詩。皆是清絶不世之句。是時明月如晝。清風似秋。其姊改令曰。便將月爲題。以風爲韻。於是致遠作起聯曰。金

태평통재 〈崔致遠〉

崔致遠。字孤雲。年十二。西學於府。乾符甲午。學士裵瓚掌試。一舉登魁科。調授溧水縣尉。常遊縣南界招賢館。館前岡有古塚。號雙女墳。古今名賢遊覽之所。致遠題詩石門曰。誰家二女此遺墳。寂寂泉局幾怨春。形影空留溪畔月。姓名難問塚頭塵。芳情儻許通幽夢。永夜何妨慰旅人。孤館若逢雲雨會。與君繼賦洛川神。題能到館。是時月白風淸。杖藜徐步。忽覩一女。姿容綽約。手操紅袖。就前曰。八娘子。九娘子。傳語秀才。朝來特勞玉趾。兼賜瓊章。各有酬答。謹令奉呈。公回顧驚惶。再問何姓娘子。女曰。朝間披榛挑石題詩處。即二娘所居也。公乃悟。見第一帖。是八娘子奉酬秀才。其詞曰。幽魂離恨寄孤墳。桃臉柳眉猶帶春。鶴駕難尋三島路。鳳釵空墜九泉塵。當時在世長羞客。今日含嬌未識人。深愧詩詞知妾意。一回延首一傷神。次見第二帖。是九娘子。其詞曰。往來誰顧路傍墳。鸞鏡鴛衾盡惹塵。一死一生天上命。花開花落世間春。每希秦女能抛俗。不學任姬愛媚人。欲薦襄王雲雨夢。千思萬憶損精神。又背於

최남선편 『삼국유사』 부록「新羅殊異傳〈逸文〉」에서 전재.

1

藏寺像前錐審知我毋猶疑毋中矣即天寶四年乙
酉四月八日申時離是母時到此堂中景德王聞而
敬重優須信賄求充供養每抒月生八日幸寺礼讃
永爲定式寶開与長春約結鄰里清信士女特成金
字蓮経一部毎至春三月爲立道場敷宣妙理精修
礼敬仰賽玄恩見敏藏寺記及雞林古記略見傳孔
錄

2

黑風吹其船舫

新羅時有女名寶開居王
京隅金坊有一子名長春隨商舶泛海而去過期不
知所之朝夕思念至於憔悴幸聞普門示現神通之
力假使黑風吹其船舫漂陷羅刹鬼國稱其名故即
得解脫便生深信就敏藏寺觀音像前約一七日精
勤祈禱至七日忽感長春執母手驚喜哭泣寺僧怪
問所由春曰離家過海忽值惡風同船之人皆葬魚
腹余獨乘一板至於異人收之奴使之耕於野田
忽有異僧來謂曰憶汝國乎余即跪曰有老母在戀
慕无極僧曰若欲見母隨我而來言訖東行余隨之
有一渠僧乃執手超之皆昏昏如夢忽聞羅語到此

法華靈驗　十六

敏藏寺

禺金里貧女寶開有子名長春從海賈而征久無音耗
其母就敏藏寺〈寺乃敏藏角干捨家爲寺〉觀音前克祈七日而長春
忽至問其由緒曰海中風飄舶壞同侶皆不免予乘隻
板歸泊吳涯吳人收之俾耕于野有異僧如鄉里來弔
慰懃懃率我同行前有深渠僧掖我跳之昏昏間如聞鄉
音與天涯之聲見之乃巳届此矣日晡時離吳至其絕
戌初即天寶四年乙酉四月八日也景德王聞之施田
於寺又納財幣焉

1

寶開。隅金坊女也。子長春。因販賣。泛海去而經年。不知所在。寶開就敏藏寺觀音前。祈禱七日。子長春來執母手。母驚喜哭泣。寺衆問所由。長春曰。海中遇黑風。船檣皆破。同行人皆溺死。予乘一板。至於吳。吳人囚之爲奴。耕於野田。忽有一僧來問曰。憶汝國乎。予即跪曰。予有老母。憶戀罔極。僧曰。若慕汝孃。隨我行。言訖同行。有一深渠。僧執予手起之。昏昏如夢。忽聞羅語。亦有哭聲。審之。我猶疑夢中而非也。寺僧具事升聞。國家尊崇鹽驗。以財貨田地。納菩薩所。天寶四年乙酉四月八日中時離吳。戌時到敏藏寺。(太平通載卷二十。寶開)

최남선편 『삼국유사』 부록 「新羅殊異傳〈逸文〉」에서 전재.

1

釋寶壤傳不載鄉井氏族謹按清道郡司籍載天福八
年癸酉大祖即位第二十六年也正月日清道郡界里審使順英大
乃末水丈等柱貼公文雲門山禪院長生南阿尼岾東
嘉西峴云同藪三剛典主人寶壤和尚院主玄會長老
貞座玄西上座直歲信九禪師右公文清道郡都田帳傳准又開運
三年丙辰雲門山禪院長生樏塔公文一道長生十一
阿尼岾嘉西峴畝峴西北買峴一作面北猪是門等文
庚寅年晉陽府貼五道按察使各道禪教寺院始創年
月形止審撿成籍時差使貞東京掌書記李僐審撿記
載正豊六年辛巳本朝毅宗即位十六年也九月郡中古籍裨

補記惟清道郡前副戶長禦侮副尉李則楨戶在右人

消息及諺傳記載致仕上戶長金亮辛致仕戶長昊芠育

戶長同正尹膺前其人弥奇等與時上戶長用成等言

語時太守李思老戶長亮辛至八十九餘輩皆七十二（云云改）

上用成年六十巳上不雖羅代巳衆當郡寺院鵲岬

巳下中小寺院三韓乱之間大鵲岬小鵲岬所寶岬天

門嘉西岬等五岬皆三壞五岬柱合在大鵲岬祖師

知識寶政云大國傳法来還次西海中龍邀入宮中念

経施金羅袈裟一領無祀一子摘目為侍奉而進之唱

司于時三國攪動未有歸依佛法之君主若與吾子歸

2

本國鵲岬剞寺而居可以避賊掠亦不數年內必有護
法善君出定三國矣言訖相別而來還及至金洞忽有
老僧自稱圓光抱印櫃而出投之而沒（被圓光以陳末入中國開皇間東遠住嘉西岬而沒之初攝麗二百餘年矣今悲汝端岬官寺而卒見壤來而將興故告之）
於是壤師將興鵲岬寺而登北嶺望之庭有五層黃塔
下來尋之則無跡再陟望之有群鵲啄地乃思海龍鵲岬
之言尋掘之果有遺塼無數聚而蘊崇之塔成而無遺
知是前代伽藍墟也畢刱寺而往焉因名鵲岬寺
後太祖統一三國聞師至此刱院而居乃合五岬田束幾
五百結納寺以清泰四年丁酉賜額曰雲門禪寺以奉

3

三國遺事卷四　八二

梨木之靈蔭璃目常在寺側小潭陰隲法化忽一年元
旱田蔬焦槁壤勅璃目行雨一境告足天帝將誅不識
璃目告急於師師藏於床下俄有天使到庭請出璃目
師指庭前梨木乃震之而上天梨木萎摧龍撫之即蘇
之而生〔一云師呪〕
其末近年倒地有人作挺推安置善法堂及
食堂其推柄有銘初師入唐迴先止于推次之奉聖寺
適太祖東征至清道境山賊嘯聚于犬城嶠立今俗惡〔有山峯臨水〕
云其名改聽徵不格太祖至于山下問師以易制之述師
答曰夫犬之爲物司夜而不司晝守前而忘其後宜以
晝擊其北祖挺之景敗降太祖嘉乃神謨歲給近縣租

4

五十碩以供香火是以寺安三聖真容因名奉聖寺後
遷至鵠岬而大刹終焉師之行狀古傳不載諺云與石
崛備虛師昆一作歷爲昆弟奉聖石崛雲門三寺連峰櫛比
交相往還爾後之攺作新羅異傳鑑記龍塔之事
于圓光傳中系犬城事於毗虛傳既謬矣又作海東僧
傳者從而潤文使毗壤無傳而疑誤後人誣妄幾何

5

釋圓光俗姓薛氏或云朴新羅王京人年十三落髮
為僧入續高僧傳云神器恢廓惠解起倫枝涉玄儒愛
染篇章逸想高邁猒居憒閙三十歸隱三岐山影不
出洞有比丘來止近地作蘭若修道師夜坐誦念有
神呼曰善哉凡修行者雖衆無出法師右者今彼比
丘經修呪術但惱汝淨念碍我行路而無所得每當
經歷幾發惡心請師誘令移去若不從久住當有患
矣明旦師徃告僧曰可移去逃善不然將有不利
對曰至行魔之所妨何憂妖鬼言乎是夕其神来訊

1

役苔師恐其怒也謬曰未委耳何敢不聽神曰吾已
俱知其情且可黙徃而見之至夜群動如雷黎明徃
示之有山頹于蘭若壓焉神春證曰吾生幾千年威
癈嶷此何足怪因諭曰今師雖有自利而闕利他
何不入中朝得法波及後徒師曰學道於中華固昕
願也海陸悝不能自達於是神詳諳西遊之事乃以
真平王十一年春三月遂入陳遊歷講肆頁慷微言
傳稟成實涅槃三藏救論便投吳之虎丘摂想青霄
因信士請遂講成實企作請益相接如鱗會隋兵八
楊都主将望見塔大将救之祗見師被縛在塔前若

2

無咎狀異而釋之開皇間攝論肇興奉佩文言宣譽
京皐勳業既精道東須繼本朝上啓有勅放還真平
二十二年庚申隨朝聘使奈麻諸父大舍橫川還國
俄見海中異人出拜請曰願師爲我叔寺常講眞詮
令弟子淂勝報也師從之師徃泰咒穩老幼相忻王
亦面申虔敬作若能仁遂到三岐舊居午夜彼神來
問徃返如何謝曰賴爾恩護亢百適願神曰吾固不
離扶權且師恠海龍結叔寺約其龍今亦僧奉師問
之曰何慶爲可神曰于彼雲門山當有羣鵲啄地即
其慶也詰旦師與神龍僧歸泉見其地即崛地有石

塔存焉便剏伽藍額曰雲門而住之神又不捨冥衛
一日神報曰吾大期不久頗受菩薩戒為長往之資
師乃投託因結世世相度之誓又謂之曰神形可得
見乎曰可師遲明望東方大臂貫雲接天神曰師見
予臂乎雖有此身未兔無相常於某日死於某地請
来訣別師趍期往見一禿黑猩吸吸而鼈即其親也
西海龍女常隨聽講適有大旱師曰汝幸雨境內對
曰上帝不許若我護而必獲罪於天無昕禱也師曰
吾力能免矣俄而南山際朝而雨時天雷震動之即
欲罰之龍告急師匿龍講狀下之講經天使來告曰

4

子受上帝命師為通逃者主莘不得成命奈何師措
庭中梨木曰彼褭為此樹汝當擊之遂梨而震去龍
乃出禮謝以其木代已受罰引手撫之其樹即蘇眞
平王三十年王患高句麗屢侵封疆欲請隋兵以征
敵國命師修乞師表師求自存而滅他非沙門之行
也然貪道在大王之土地費大王之衣食敢不惟命
是從乃述以聞師性虛閑情多汎愛言常含笑慍結
不形為牋表啓書并出自肯襟擧國頌奉委以詔方
乘機敷化垂範後代三十五年皇龍寺設百座會邀
集福田講經師為上首常僑居加悉寺講演眞詮沙

5

梁部貴山箒頂詣門樞衣告曰俗士顱蒙無所知識
願賜一言為終身之誡師曰有菩薩戒其別有十若
等為人臣孝恐不能行今有世俗五戒一曰事君以
忠二曰奉親為孝三曰交友為信四曰臨戰不退五
曰殺生有擇若等行之母忽貴山曰他則既受命矣
但不曉殺生有擇師曰春夏月及六齋日不殺是擇
時也不殺使畜謂牛馬鶏犬不殺細物謂肉不之一
臠是擇物也過此推其所用但不求多殺此可謂世
俗之善戒貴山等守而勿墮後國王染患醫治不損
請師說法八宮安置或講或說王誠心信奉初夜見

6

師首領金色如日輪宮人共覩王疾立效法臘凱高
乘輿八内衣服藥石并是王手自營用希專福襯施
之資捨充營寺惟餘衣鉢以此盛宣正法誘牧道俗
將終之際王親執慰囑累遺法策濟斯民為説徵詳
建福五十八年不豫經七日遺誡清切端坐終于呀
住皇隆寺東北虛中音樂盈空異香充院合國悲慶
藥其羽儀同於王禮春秋九十九即貞觀四年也後
有光胎尻者聞諺傳埋于有德墓側子孫不絶乃私
瘞之即日震胎屍擲于塋外三岐山浮圖至今存焉

7

傳之文偃雄氏之朴薛出家之東西如二人焉不敢詳定
故兩存之然彼諸傳記皆無鵲岬璃目與雲門之事而
鄉人金陟明綠以街巷之說潤文作先師傳濫記雲門
開山祖寶壤師之事迹合為一傳後撰海東僧傳者承
誤而錄之故時人多惑之因辨於此不加減一字載二
傳之文詳矣陳隋之世海東之鮮有航海問道者設有
猶求大振及光之後繼踵西學者憧憧乃光乃啓之遊矣
讚曰航海初穿漢地雲幾之來往把清矜昔年蹤迹青
山往金谷嘉西亭可聞

12

年癸酉即真平王五年也即位秋隋使王世儀至於皇龍寺設
百座道場請諸高德說經光最居上首議曰原宗興法已来律梁始置而未遑堂奥故宜以歸戒滅懺之法開
曉愚迷故光於所住嘉栖岾置占察寶以為恒規時有
擅越尼納田於占察寶本東平郡之田一百結是也古
藉猶存光性好虚静言常含笑形無慍色年臘既邁乗
與入内當時群彦德義僉屬無敢出其右者文藻之瞻
一隅所傾年八十餘卒於貞觀間浮圖在三岐山金谷
寺也今安康之西南洞唐傳云告寂皇隆寺未詳其地疑
皇龍之訛也如芬皇作王芬寺之例也據如上唐鄉二

11

雲門寺東九千步許有加西峴或云嘉瑟峴峴之北洞有寺基是也二人詣門進告曰
俗士顓蒙無所知識願賜一言以爲終身之誡光曰佛教
有菩薩戒其別有十若等爲人臣子恐不能堪有世
俗五戒一曰事君以忠二曰事親以孝三曰交友有信
四曰臨戰無退五曰殺生有擇若行之無忽貴山等曰
他則既受命矣所謂殺生有擇特未曉也光曰六齋日
春夏月不殺是擇時也不殺使畜謂馬牛雞犬不殺細
物謂肉不足一臠是擇物也此亦唯其所用不求多殺
此是世俗之善戒也貴山等曰自今以後奉以周旋不
敢失墜後二人從軍事皆有奇功於國家又建福三十

嘗故吾無月日捨身其讀法師來送長近之視待約
往昔有一老狐黑如染但叫叫無息俄然而死法師
自中國來本朝君臣敬重爲師常講大乘經典此時高
麗百濟常侵邊鄙王甚患之欲請兵於隋唐宜作請法
作乞兵表皇帝見以三十萬兵親征高麗自此知法師
旁通儒術也享年八十四入寂葬明活城西又三國史
列傳云賢士貴山者沙梁部人也與同里箒項爲友二
人相謂曰我等期與士君子遊而不先正心持身則恐
不免於招辱盍問道於賢者之側乎時聞圓光法師入
隋回寓止嘉瑟岬（或作加西又嘉栖皆方言也此岬俗云古尸故或云鷲寺獨言岬寺也本）

國是本亦頂海陸迴阻不能自通而巳神譯諸語中國
所行之計法師依其言歸中國留十一年博通三藏兼
學儒術真平王二十二年庚申〈三國史云明年辛酉來〉師將還業
東遠乃隨中國朝聘使還國法師欲謝神至前住三崎
山寺夜中神亦來呼其名曰海陸途間往還如何對曰
蒙神鴻恩平安到訖神曰吾亦授戒於神仍結生生相
濟之約又請曰神之真容可得見耶神曰法師若欲見
我形平旦可望東天之際法師明日望之有大臂
接於天際其夜神亦來曰法師見我臂耶對曰見巳甚
奇絕異因此俗与臂長山神曰雖有此身不免無常之

8

應有餘殃比丘對曰至行者爲魔所眩法師何基狐鬼
逐言乎其夜神又來日向我告事比丘有何咎乎法師
恐神瞋怒而對曰終求了說吾強語者何敢不聽神曰
吾已具聞法師何須補說但可黙然見我所爲逐歸而
去夜中有聲如雷震明日視之山頹填比丘所在蘭若
神亦來曰師見如何法師對曰見甚驚懼神曰我歲幾
於三千年神術最壯此是小事何足爲驚但復將來之
事無所不知天下之事無所不達今思法師唯居此要
雖有自利之行而無利他之功現在不揚高名未來不
取勝果盍採佛法於中國運群迷於東海對曰學道中

復申之質亞尤替寺餘惟衣益而巳〔載達〕〔函〕

又東京安逸戶長貞孝家在古本殊異傳載圓光法師
傳曰法師俗姓薛氏王京人也初爲僧學佛法年三十
歲思靜居修道獨居三岐山積四年有一比丘來所居
不遠別作蘭若居二年爲人強猛好修呪術法師夜獨
坐誦經忽有神聲呼其名善哉善哉汝之修行凡修者
雖衆如法者稀有今見隣有比丘徑修呪術而無所得
喧聒惱他靜念住處碍我行路每有去來幾發惡心法
師爲我語告而使移遷若久住者恐我忽作罪業明日
師往而告曰吾於昨夜有聽神言比丘可移別處不然

側當日霙此胎屍擲于塋外由此不壞敬者率崇仰焉
有弟子圓安神機頴性希慕遊覽仰求遂北趣九
都衆觀不耐又西詣輦京備通方俗尋諸經論
跨躡天綱洞淸微旨晚歸心學高執光塵初住京寺以
道素有聞特進簫瑀奏請住於藍田所造津梁寺四事
供給無替六時矢安營叙光去本國王染患醫治不損
請光入宮別省安置夜別二時爲說深法受戒懺悔
大信奉一時初夜王見光首金色晃然有象日輪隨身
而至王后宮女同共視之由是重發勝心克留疾所不
又遂差光於辰韓馬韓之間咸通正法每歲再講匠成

5

書往還國命並出自胷襟一隅傾奉皆委以治方詞之
道化事異錦衣請同觀國乘機敎訓垂範于今年籬既
高乘輿入內衣服藥食並王手自營不許佐助用希專
福其感敬爲此類也將終之前王親執慰喝累遺法薰
濟民斯爲說徵祥被于海曲以彼建福五十八年少覺
不念経于七日遺誠清切端坐終于所往皇隆寺中春
秋九十有九即唐貞觀四年也（宜云十四年）當終之時寺東
北虛中音樂滿空異香充院道俗悲慶知其靈感遂葬
于郊外國給羽儀葬具同於王禮後有俗人兒胎死者
彼土諺云當於有福人墓埋之種徹不絶乃私瘞於墳

而沐道頑除嬈郊故名望攙流播于嶺表披搆員彙而
至者相接如鱗會隋右御宇威加南國曆窮其數軍入
揚都遂被亂兵將加刑戮有大主將望見寺塔火燒走
赴救之了無火狀但見光在塔前被縛將殺既怪其異
即解而放之斯臨危達感如此也光學通吳越便歛袖
化周泰開皇九年來遊帝宇值佛法初會攝論肇興奉
佩文言振績微緒又馳慧解宣譽京皐勤業既成道東
須繼本國遠聞上啓頻請有敕厚加勞問放歸桑梓
往還累紀老幼相次新羅王金氏面申虔敬飾若聖人
光性在虛閑情多汎愛言常含笑慍結不形而箋表啓

3

乃上啓陳主請歸道法有勅許焉光初落彩即稟具
戒遊歷講肆具盡嘉謀領牒微言不謝光景故得戒實
涅槃蘆括心府三藏釋論徧所披尋末又投吳之虎
山念定相沿無忘覺觀息心之衆雲結林泉並以綜涉
四舍切礪八定明善易擬簡直雖氷霜凋凮心遂有終
焉之願於即頓絕人事盤遊聖迹攝想青霄緬謝終古
時有信士宅居山下請光出講固辭不許苦事邀延遂
從其志剏通成論末講般若皆思解役徽其嘉問飛
綵以絢采織綜詞義聽者欣欣會其心府從此因循舊
章開化成任匪法輪一動輒傾注江湖雖是異域通傳

2

圓光西學

唐續高僧傳第十三卷載新羅皇隆寺釋圓光俗姓朴
氏本住三韓卞韓辰韓馬韓光即辰韓人也家世海東
祖習綿遠而神器恢廓愛染篇章挍獵玄儒討讎子史
文華騰著於韓服博贍猶愧於中原遂割略親明發憤
溟漲年二十五乗舶造于金陵有陳之世号稱文國故
得諮考先疑詢猷了義初聽莊嚴旻公弟子講素雲世
典謂理窮神及閒擇宗又同斯虛尋名教實理生涯

三國遺事卷四

二十

阿道基羅（又一作我道。又阿頭）

新羅本記第四云。第十九訥祗王時。沙門墨胡子自高麗至一善郡。郡人毛禮（或作毛祿）於家中作堀室安置。時梁遣使賜衣著香物。（高得相詠史詩云。梁遣使僧曰元表。宣送溟檀及經像）君臣不知其香名與其所用。遣人齎香遍問國中。墨胡子見之曰。此之謂香也。焚之則香氣芬馥。所以達誠於神聖。神聖未有過於三寶。若燒此發願。則必有靈應。（訥祗在晉宋之世。而云梁遣使。恐誤）時王女病革。使召墨胡子。焚香表誓。王女之病尋愈。王喜厚加賚貺。既俄而不知所歸。又至二十一毗處王時。有我道和尚。與侍者三人。亦來毛禮家。儀表似墨胡子。住

1

數年無疾而終其侍者三人留住講讀經律往往有信奉者〈有注云與本碑及諸傳記殊異又按我道本碑云高僧傳云西竺人或云從吳來〉我道高麗人也母高道寧正始間曹魏人我〈姓我也〉崛摩奉使句麗私之而還因而有娠師生五歲其母令出家年十六歸魏省覲崛摩投玄彰和尚講下就業年十九又歸寧於母母謂曰此國于今不知佛法爾後三千餘月雞林有聖王出大興佛教其京都內有七處伽藍之墟一曰金橋東天鏡林〈今興輪寺金橋謂西川之橋俗訛呼云松橋也寺自我道始基而中廢至法興王丁未草創乙卯大開真興王畢成〉二曰三川歧〈今永興寺與興輪寺同代開〉三曰龍宮南〈今皇龍寺真興王癸酉始開〉四曰龍宮北〈今芬皇寺善德甲午始開〉五曰

2

沙川尾（今靈妙寺善德王己未始開）六曰神遊林（今天王寺文武王己卯開）七曰婿請田（今曇嚴寺）皆前佛時伽藍之墟法水長流之地歿而播揚大教當東嚮於釋祀矣道禀教至雞林寓止王城兩星今嚴莊寺于時末雛王即位二年癸未也詣闕請行教法世以前所未見爲嫌至有謀殺之者乃逃隱于續林善賺（今一毛祿家祿与毛礼立之記古記云法師初至震驚賺特入不知僧名或云阿頭鄕言之林僧也猶言沙彌也）三年時成國公主疾巫醫不効勅使四方求醫師率然赴闕其疾遂理王大悅問其所須對曰貪道百無所求但願劍佛寺於天境林大興佛教奉福邦家庶王許之命興工俗方貞德編茅

七四

茸屋住而諷演時或天花落地号興輪寺毛禄之妹

史氏投師為尼亦於三川岐創寺而居名永興寺

末雛王即世國人將害之師還毛禄家自作塚閉戸自

絶遂不復現因此大教亦廢至二十三法興大王以蕭

梁天監十三年甲午登位乃興釋氏距末雛王癸未之

歳二百五十二年道寧所言三千餘月驗矣據此本記

與本碑二説相戾不同如此嘗試論之梁唐二僧傳及

三國本史皆載麗済二國佛教之始在晋末大元之間

則二道法師以小獸林甲戌到髙麗明矣此傳不誤若

以毗處王時方始到羅則是阿道留髙麗百餘歳乃來

4

也雖大聖行止出没不常未必皆爾抑亦新羅奉佛非
晚甚如此又若在未雛之世則却超先於到麗甲戌百
餘年矣于時雞林未有文物禮教國号猶未定何暇阿
道來請奉佛之事又不合高麗未到而越至于羅也設
使斬興還麗何其間寂寞無聞而尚不識香名哉一何
大後一何大先授夫東漸之勢必台于麗濟而終求羅
則訥祗與獸林世相接也阿道之辭麗抵羅宜在訥
祇之世又王女救病皆傳爲阿道之事則所謂墨胡者
非真名也乃指目之辭如梁人指達摩爲碧眼胡晉調
釋道安爲柒道人類也乃阿道定行避諱而不言名姓

故也盖國人隨其所聞以墨胡阿道二名分作二人爲傳爾
况云阿道儀表似墨胡則此可驗其一人也道寧之
序七處曾以割開先後預言之而傳失之故今以沙川
尾躍於五次三千餘月末必盖佰書自訥祇之世抵于
丁未无慮一百餘年若曰一千餘月則殆幾矣姓我單
名疑覆難詳又按元魏釋曇始（一云惠始）傳云始開中人自
此家已後多有異迹晋孝武大元年末賫經律數十部
往還東宣化現授三乘立以歸戒盖高麗聞道之始也
義熙初復還開中開導三輔始足自於而雖涉渥水未
嘗沾逼知下淺稱句足和尚云当末朔方凶奴赫連勃

6

勃破擭關中斬殺無數時始亦遇害刃不能傷勃勃嘆之普赦沙門悉皆不殺始於是潛遁山澤修頭陁行拓拔燾復剋長安擅威關洛時有博陵崔皓小習左道猜嫉釋敎既位居偽輔為燾所信乃與天師冠謙之說燾佛敎無益有傷民利勸令廢之云云大平之末始方知燾將化時至乃以九會之日忽杖錫到宮門燾聞令斬之屢不傷燾自斬之亦無傷飼北園所養虎亦不敢近燾大生慚懼遂感癘疾崔寇二人相次發惡病燾以過由於彼於是誅滅二家門族宜下國中大弘佛法始後不知所終　議曰曇始以大元末到海東義熙初還

7

關中則留此十餘年何東史無文始既挾詭不測之人
而與阿道墨胡難陀年事相同三人中疑一必其變諱
也讚曰　雪擁金橋凍不開雞林春色未全迴可怜
帝多才思先着毛郎宅裏梅

釋阿道或云本天竺人或云從吳未或云自高句麗
入魏後歸新羅未知孰是風儀特異神變无奇恒以
行化為任每當開講天雨妙花始新羅訥祗王時有
黑胡子者從高句麗至一善郡宣化有縁郡人毛禮
家中作窟室安置於是梁遣使賜衣著香物君臣不
香名及與昕用万遣中使賫香遍問中外胡子見之

1

稱其名曰焚此則香氣芬馥所以達誠於神聖矣
所謂神聖不過三寶一曰佛陀二曰達摩三曰僧伽
若燒此發願必有灵應時王女病莘王使胡子焚香
表誓厥疾尋愈王甚喜醍贈尨亭胡子出見毛禮以
所得物贈之報其德焉因語曰吾有所歸請辭俄而
不知所去及毗處王時有阿道和尙與侍者三人亦
来止毛禮家儀表似胡子住数年無疾而化其侍者
三人留住讀誦経律往往有信受奉行者焉然掟古
記梁大通元年三月十一日阿道来至一善郡天地
震動師左執金環錫杖右擎王鉢應毛身著霞衲口

誦花診初到信士毛禮家禮出見驚惶而言曰異者
高麗僧正方来入我國君臣怪而不祥議而殺之又
有減垢玭從彼復来殺戮如前汝尚何求而邪亙遠
入門莫令隣人得見引置密室修供不怠適有吳使
以五香獻原宗王王不知所用詢國中使者至問法
師々曰以火燒而供佛也其使偕至京師王令法師
見使使禮拜曰此邊國高僧何不遠而至此王因知
佛僧可敬勅許班行又按高得相詩史曰梁氏遣使
曰元表送沉檀及經像不知所爲咨四野阿道逢時
指法相註云阿道再遭斬害神道不死隱毛禮家則

梁吳之使莫辨其詳又阿道之跡多同黑胡子何哉
然自永平至大通丁未凡四百十餘年高句驪興法
己百五餘年百濟己行一百四十餘年發若按朴寅
亮殊異傳云師父魏人崛摩母高道寧高麗人也崛
摩奉使高麗私通還魏道寧因有身誕焉師生五稔
有異相母謂曰偏孤之子莫若為僧師依教即於是
日剃䰂十六入魏觀省崛摩遂投玄彰和尚受業十
九年歸寧於母母諭曰此國機緣未熟難行佛法惟
彼新羅今雖無聲教甬後三十餘月有護法明王御
于大興佛事又其國京師有七法住之處一曰金橋

天鏡林今興輪寺二曰三川歧今永興寺三曰龍宫南今皇龍寺四
曰龍宫北今皇龍寺齊五曰神遊林今天王寺六曰沙川尾今靈妙寺
七曰婿請田今曇嚴寺此等佛法不滅前劫時伽藍墟也
汝當歸彼土初傳玄吉為浮圖始祖不亦美乎師既
承命子之聲出疆而来寓新羅王闕西里寺今是也時
當味鄒王即位：年癸未矣師請行竺敎以前昕不
見為怪至有將殺之者故退隱于續村毛禮家今善
州也逃吾三年成國宫主疾病不愈遣使西方求能
治者師應基赴闕為療其患王大悦問其所欲師請
曰但剏寺扵天鏡林吾頼之矣王許之然世質民頑

5

不能歸向乃以白屋爲寺後七年始有欲爲僧者來
依受法毛祿之妹名史侍亦投爲尼乃於三川歧立
寺曰永興以依住焉味鄒王崩後嗣王亦不敬浮圖
將欲廢之師還續村自作塚入其內閉戶示滅因此
聖教不行於斯盧歐後二百餘年原宗景興像敎皆
如道寧所言自味鄒至法興凡十一王矣阿道出現
年代郎如是其差舛并是古文不可取捨然若當味
鄒時已有弘宣之益則與順道同時明矣以其中廢
而至梁大通乃興耳故并出黑胡子元表等叙而觀
焉

贊曰自像教東漸信毀交騰權輿光闡伐有其人若阿道黑胡子皆以無相之法自隱現自在或先或後似同異君捕風搏影不可執跡而之也但其先試可而後啓行始逃害而終成功則奈之利方漢之摩騰亦無以加焉易曰藏器待時阿道之謂矣

7

부록

원문 영인